人《じん》生《せい》デスゲーム

命《いのち》がけの生《い》き残《のこ》り試《し》験《けん》

あいはらしゅう・作
fuo《ふお》・絵

角川つばさ文庫

人《じん》物《ぶつ》紹《しょう》介《かい》

天《あま》城《ぎ》 リョウ

小学《しょうがく》6年生《ねんせい》。
周《まわ》りに言《い》われるがまま
勉強《べんきょう》しているが、
行《い》きたい学校《がっこう》や将来《しょうらい》の夢《ゆめ》はまだない。
スマホゲームが得意《とくい》。

如月《きさらぎ》 あかね

パティシエ志望《しぼう》で、
母親《ははおや》の洋菓子店《ようがしてん》を
継《つ》ぎたいと思《おも》っている。
負《ま》けん気《き》が強《つよ》い。

矢《や》神《がみ》 一《かず》虎《とら》

会場《かいじょう》でまっさきにリョウに
声《こえ》をかけてきた参加者《さんかしゃ》。
ひょうひょうとしていて、
コミュニケーション能力《のうりょく》が高《たか》い。

鈴《すず》原《はら》 奈《な》央《お》

父親《ちちおや》がお医者《いしゃ》さんで、
病院《びょういん》を継《つ》ぐことを決《き》められている。
人《ひと》としゃべるのが苦手《にがて》だが、
やさしい性格《せいかく》。

三《み》船《ふね》 秋《あき》歩《ほ》

世界中《せかいじゅう》の困《こま》っている人《ひと》を助《たす》けられるような、
大《おお》きな団体《だんたい》を作《つく》ることが夢《ゆめ》。
いつも笑顔《えがお》のムードメーカー。

神《かん》崎《ざき》 氷《ひょう》河《が》

全国《ぜんこく》トップクラスの秀才《しゅうさい》で、
スポーツも万能《ばんのう》。
勝利《しょうり》のためには
手段《しゅだん》を選《えら》ばない。

マスク男《おとこ》

『呪験《じゅけん》』の案内人《あんないにん》。

目《もく》次《じ》

プロローグ　命《いのち》がけの最終問題《さいしゅうもんだい》 —— 5

1. 希望《きぼう》の招待状《しょうたいじょう》 —— 8
2. プロジェクトの真実《しんじつ》 —— 18
3. 命《いのち》がけの競走《きょうそう》 —— 38
4. キミを助《たす》ける理由《りゆう》 —— 48
5. 最後《さいご》のトビラをあけたのは…… —— 57
6. 僕《ぼく》らはみんな、あまり者《もの》？ —— 67
7. 問題用紙《もんだいようし》をさがせ！ —— 76
8. あかねの夢《ゆめ》 —— 94
9. 残《のこ》り1秒《びょう》！ —— 100
10. 答《こた》えは全員見《ぜんいんみ》たことある!? —— 113
11. 人生《じんせい》をかけたバツ —— 123
12. 最初《さいしょ》の脱落者《だつらくしゃ》 —— 136
13. 裏切《うらぎ》り者《もの》は誰《だれ》だ!? —— 143
14. 裏切《うらぎ》り者《もの》の真実《しんじつ》 —— 152
15. 最後《さいご》に脱落《だつらく》するのは —— 164
16. 呪験戦争《じゅけんせんそう》の勝者《しょうしゃ》は…… —— 168
17. 合格者《ごうかくしゃ》が願《ねが》うものは —— 175

エピローグ1　それから…… —— 184
エピローグ2　小《ちい》さな夢《ゆめ》が叶《かな》うとき —— 187
あとがき —— 191

プロローグ　命《いのち》がけの最終問題《さいしゅうもんだい》

真《ま》っ暗《くら》な部屋《へや》の真《ま》ん中《なか》。

床《ゆか》に描《か》かれた白《しろ》い四角《しかく》い枠《わく》の中《なか》に、ひとりの少年《しょうねん》が立《た》っている。

ほかにはだれもいない……もう、いなくなってしまった。

【それでは、最終問題《さいしゅうもんだい》です】

どこかにあるスピーカーから機械的《きかいてき》な音声《おんせい》が流《なが》れる。

ふとももをなぐって、足《あし》のふるえを必死《ひっし》におさえた。

「これさえ正解《せいかい》すれば、思《おも》い通《どお》りの人生《じんせい》が待《ま》っている……思《おも》い通《どお》りの人生《じんせい》が待《ま》っている……」

何度《なんど》もくりかえして、自分《じぶん》に言《い》い聞《き》かせる。


――じゃあ、もしまちがえてしまったら？

「ダメだダメだダメだダメだ！　考《かんが》えるな！」

暑《あつ》くもない部屋《へや》で、ダラダラと冷《ひ》や汗《あせ》を流《なが》しながら少年《しょうねん》がさけんだ。

そんな彼《かれ》の気持《きも》ちなんか気《き》にすることなく、スピーカーから問題《もんだい》が告《つ》げられる。

【電話《でんわ》を発明《はつめい》した人《ひと》はベルさんである。○か×か】

「な、んだよ……それ」

少年《しょうねん》の口《くち》がぶるぶるとふるえだした。

「そんなの知《し》らねえよ……どっちだ……どっちだ……あーもう！　わかんねえ！」

【解答時間《かいとうじかん》、残《のこ》り10秒《びょう》。9、8、7、6、5、4、3、2】

音声《おんせい》は感情《かんじょう》もなくカウントダウンをはじめる。

少年《しょうねん》は全身《ぜんしん》をふるわせながら、小声《こごえ》で「マル……」とつぶやき、首《くび》をふった。

「いや、バツだ！　答《こた》えは『×』！」


——解答終了《かいとうしゅうりょう》。不正解《ふせいかい》です。


……ガタン。

その瞬間《しゅんかん》、少年《しょうねん》の足《あし》もとが開《ひら》かれる。

「いやだあああああ！」

床《ゆか》が抜《ぬ》けて、真《ま》っ逆《さか》さまに落《お》ちていく少年《しょうねん》の叫《さけ》び声《ごえ》が部屋《へや》に響《ひび》いた。

パタン。と開《ひら》いた床《ゆか》が元《もと》にもどると、何事《なにごと》もなかったかのようにスピーカーの音声《おんせい》が響《ひび》く。

【呪験番号《じゅけんばんごう》82番《ばん》、不合格《ふごうかく》。これにて『呪験《じゅけん》』終了《しゅうりょう》といたします】

音声《おんせい》に反応《はんのう》する者《もの》はいない。だれもいなくなってしまった暗《くら》い部屋《へや》。

プッッとスピーカーのスイッチが切《き》れる音《おと》がして、完全《かんぜん》に無音《むおん》になる。

キイイ……と遠《とお》くでトビラが開《ひら》かれると、ひとりの男《おとこ》がため息《いき》をついた。

「やれやれ。つぎはもっと出来《でき》の良《い》い子《こ》どもたちを集《あつ》めないとだな」

言《い》いながら、パチッと部屋《へや》の電気《でんき》をつける。

「呪験《じゅけん》に落《お》ちたら、人生終《じんせいお》わりなんだから。もっと必死《ひっし》に問題《もんだい》と向《む》き合《あ》わないと」

その部屋《へや》の床《ゆか》には、100個《こ》におよぶ同《おな》じ四角《しかく》い枠《わく》が整然《せいぜん》と広《ひろ》がっていた。

「参加者《さんかしゃ》100名《めい》。全員《ぜんいん》、不合格《ふごうかく》です」

――男《おとこ》は小《ちい》さく拍手《はくしゅ》をしながら、笑《わら》った。

1・希望《きぼう》の招待状《しょうたいじょう》

小学《しょうがく》6年生《ねんせい》になったとたんに、テストの点数《てんすう》がズンと重《おも》くなった。
89点《てん》と90点《てん》の1点《てん》の差《さ》がとてつもなく大《おお》きく感《かん》じて。
なのに、学校《がっこう》のテストも塾《じゅく》の模試《もし》も回数《かいすう》が増《ふ》えるから、心《こころ》も体《からだ》もヘトヘトになるんだ。
それでもやめるわけにはいかない。
なんで？
それは……それは。
「なあ、**リョウ**はこの前《まえ》の模試《もし》どーだったんだよ？」
いつもの4人《にん》で話《はな》していると、直人《なおと》が僕《ぼく》に聞《き》いてくる。
夜《よる》の8時《じ》。塾《じゅく》の帰《かえ》り道《みち》。
僕《ぼく》はスマートフォンでゲームをしていた手《て》を止《と》めて、あいまいにうなずいた。
「ま、まあ普通《ふつう》かな」

完全《かんぜん》にウソだった。ホントは順位《じゅんい》が下《さ》がっていた。

すると、直人《なおと》が僕《ぼく》の手元《てもと》のスマートフォンをのぞく。

「うわっ！　また脱出《だっしゅつ》ゲームのクリアタイム更新《こうしん》してんじゃん！　全国《ぜんこく》8位《い》ってヤバくね？」

みんなつぎつぎ僕《ぼく》のゲーム画面《がめん》を見《み》て「マジでゲーム強《つよ》すぎだよな！」と口《くち》にした。

だから、僕《ぼく》はそっとポケットにスマートフォンをしまって笑《わら》う。

「こんなゲームいくらできたって、受験《じゅけん》に受《う》かるわけじゃないし……意味《いみ》ないよ」

僕《ぼく》が言《い》うと、直人《なおと》も「まあなー」とうなずいた。

「俺《おれ》たち、あと半年《はんとし》もしないうちに受験《じゅけん》だしなー。そういやリョウはどこ受《う》けんの？」

直人《なおと》の質問《しつもん》にドキッとしながら、僕《ぼく》はおずおずと答《こた》える。

「A中学《エーちゅうがく》……」

その答《こた》えに、3人《にん》とも「はあ!?」とおどろきの声《こえ》を上《あ》げる。

ああ、まただ……また言《い》われる。と心《こころ》の中《なか》でつぶやいた。

「お前《まえ》マジで言《い》ってんの？　ぜったい無理《むり》だって！　A中学《エーちゅうがく》なんてやめとけよ！」

「自分《じぶん》の成績《せいせき》わかってんのか？　考《かんが》え直《なお》したほうがいいって！　相談《そうだん》なら乗《の》るからさ」

「わざわざ落《お》ちるとこ受《う》けてもしかたなくねえ？　今《いま》からでも変《か》えた方《ほう》がいいって」

みんな同《おな》じようなことを言《い》ってくる。そう言《い》われるのは最初《さいしょ》からわかっていた。

けど、言《い》い返《かえ》せるような成績《せいせき》じゃないのも本当《ほんとう》のことだった。

僕《ぼく》らは同《おな》じタイミングで塾《じゅく》に入《はい》ったのに、今《いま》では僕《ぼく》だけ普通《ふつう》クラスだった。

彼《かれ》ら3人《にん》は、ひとつ上《うえ》の進学《しんがく》クラス。

一番成績《いちばんせいせき》が上《うえ》の特進《とくしん》クラスに誰《だれ》が最初《さいしょ》に行《い》けるか。なんて話《はな》していたのが懐《なつ》かしい。

もはや、いつから僕《ぼく》だけ取《と》り残《のこ》されてしまったのかもわからなくなっていた。

A中学《エーちゅうがく》なんて僕《ぼく》には無理《むり》だ……それは自分《じぶん》がよくわかってる。

でも、親《おや》が言《い》うからそこを受《う》けるしかない。


――なんでできないの？　こんなんじゃ受《う》からないぞ？　もっとがんばりなさい！


親《おや》からも先生《せんせい》からも言《い》われる言葉《ことば》が毎日《まいにち》、頭《あたま》をめぐっている。

お前《まえ》には無理《むり》だ。って否定《ひてい》されながら、それでも目指《めざ》せって矛盾《むじゅん》するようなことを言《い》われて。

そんな言葉《ことば》ばかり耳《みみ》にしているから、直人《なおと》たちの反応《はんのう》も最初《さいしょ》からわかっていた。

だから教《おし》えたくなかったんだけど……友達《ともだち》にウソはつきたくないから言《い》うしかなかった。

すると、直人《なおと》がとつぜん話題《わだい》を変《か》えてきた。

「そうだ。知《し》ってる？　**全国《ぜんこく》の小学生《しょうがくせい》から選《えら》ばれた人《ひと》にだけ送《おく》られる、招待状《しょうたいじょう》があるって話《はなし》**」

たぶん僕《ぼく》が悲《かな》しそうな顔《かお》をしていたから、気《き》をつかってくれたんだろう。

なにそれ？　と興味津々《きょうみしんしん》に聞《き》くほかのふたりに合《あ》わせて僕《ぼく》も顔《かお》を向《む》ける。

「俺《おれ》の小学校《しょうがっこう》でちょっとウワサになってんだけどさ。なんか、どっかのでっかい会社《かいしゃ》が将来有望《しょうらいゆうぼう》な小学《しょうがく》6年生《ねんせい》を集《あつ》めて、試験《しけん》を受《う》けさせてんだって」

試験《しけん》？　と首《くび》をひねる僕《ぼく》らに直人《なおと》はニヤリと笑《わら》った。

「しかも！　**その試験《しけん》に受《う》かると、思《おも》い通《どお》りの人生《じんせい》が手《て》に入《はい》るんだってよ！**」

やばくね？　と目《め》を輝《かがや》かせる直人《なおと》に、聞《き》いていたふたりが「やべーなそれ！」と声《こえ》をそろえた。

「たった1回《かい》の試験《しけん》が終《お》わったら、あとは自由《じゆう》に生《い》きていけるなんて、最高《さいこう》すぎんじゃん！」

ひとりが言《い》うと、直人《なおと》は「そうそれ！」と指《ゆび》さす。

「テスト1回《かい》で行《い》きたい学校《がっこう》に行《い》けるどころか、その先《さき》も自由《じゆう》に生《い》きられて大金持《おおがねも》ちの人生《じんせい》が待《ま》ってるんだったら、マジで人生《じんせい》で一番頑張《いちばんがんば》れるよな！」

直人《なおと》の言葉《ことば》にもうひとりがうなずく。

「ほんとだよな。俺《おれ》たち、この先《さき》あと何回《なんかい》テストやら受験《じゅけん》やらしなきゃなんねーんだよ」

たしかにぃ……。と大《おお》きなため息《いき》とともに、僕《ぼく》らに現実《げんじつ》がもどってくる。

夢《ゆめ》からさめたところで、いつもの分《わ》かれ道《みち》にたどりついた。

僕《ぼく》らはそれぞれ別《べつ》の小学校《しょうがっこう》に通《かよ》っていて、帰《かえ》りの方向《ほうこう》もここからバラバラだった。

「じゃー、また明日《あした》」

おたがいに手《て》をふって、あっさりお別《わか》れする。

明日《あした》は土曜日《どようび》だけど、いつもどおり夕方《ゆうがた》から塾《じゅく》に行《い》く。

受《う》かるはずもない志望校《しぼうこう》に入《はい》るために、勉強《べんきょう》を頑張《がんば》る。

そこに入《はい》ってやりたいこともないけど。そもそも入《はい》れないだろうけど。

将来《しょうらい》の夢《ゆめ》なんてないけど。ないからこそ、今《いま》は勉強《べんきょう》を頑張《がんば》る時《とき》なんだって親《おや》に言《い》われた。

だから僕《ぼく》は小《ちい》さい頃《ころ》から塾《じゅく》に通《かよ》って、勉強《べんきょう》している。人生《じんせい》の先《さき》の先《さき》もわからないまま。

自分《じぶん》はあの学校《がっこう》に行《い》くんだ。行《い》きたいんだ。って思《おも》いこもうとしている。

本当《ほんとう》は志望校《しぼうこう》なんて、どこでもいいんだけどな。

なんて、そんなこと誰《だれ》にも言《い》えないまま僕《ぼく》は今日《きょう》も家《いえ》に帰《かえ》った———。

「……あれ？」

それは、本当《ほんとう》にぐうぜんだった。

いつもなら気《き》にしないはずの家《いえ》のポストをふと開《あ》けてみると、1枚《まい》の封筒《ふうとう》が入《はい》っていた。

「天城《あまぎ》リョウ様《さま》……ってことは、僕宛《ぼくあ》てだ」

差出人《さしだしにん》はドリーム・ピーク・コーポレーション(通称《つうしょう》DPC社《ディーピーシーしゃ》)。

僕《ぼく》でも知《し》っているくらい、世《よ》の中《なか》のいろんなものを作《つく》っている世界《せかい》でも有数《ゆうすう》の大手企業《おおてきぎょう》だ。

そんな会社《かいしゃ》が、いったい僕《ぼく》に何《なに》を送《おく》ってきたんだろう？

頭《あたま》の中《なか》にさっきの直人《なおと》の話《はなし》がよみがえってくる。

「ははっ……そんな、まさか」

口《くち》にしながらも、心臓《しんぞう》はもうバクバクだった。

急《いそ》いで家《いえ》の中《なか》へ入《はい》り、自分《じぶん》の部屋《へや》に飛《と》び込《こ》むと、机《つくえ》の明《あ》かりをつけて慎重《しんちょう》に封《ふう》を切《き》った。

入《はい》っていたのは2枚《まい》の紙《かみ》。

取《と》りだした1枚目《まいめ》を見《み》て、僕《ぼく》の手《て》が少《すこ》しずつふるえていく。

「これは……やっぱり、直人《なおと》の言《い》ってたあの……」

そこに書《か》かれていたのは、まぎれもなく僕宛《ぼくあ》ての『招待状《しょうたいじょう》』だった。

「僕《ぼく》が、全国《ぜんこく》の小学《しょうがく》6年生《ねんせい》の中《なか》から選《えら》ばれたって……？」

信《しん》じられないけど、全国《ぜんこく》の将来有望《しょうらいゆうぼう》な小学生《しょうがくせい》にだけ送《おく》られた招待状《しょうたいじょう》が今《いま》、僕《ぼく》の手元《てもと》にある。

「ん？　なんか変《へん》な絵《え》が描《か》いてあるな……国旗《こっき》？　ドーナツ？　なんだこれ？　いや、それより直人《なおと》とかはどうだったんだろう……？」

聞《き》いてみようと思《おも》ったけど、思《おも》いとどまる。

――他人《たにん》に話《はな》した場合《ばあい》、ペナルティが科《か》されます。

1枚目《まいめ》に書《か》かれていたこの一文《いちぶん》を見《み》て、僕《ぼく》はこのことを親《おや》にも話《はな》せないんだと気《き》づいた。

ぺらりとめくって2枚目《まいめ》を見《み》ると、そこには集合場所《しゅうごうばしょ》と日時《にちじ》が書《か》かれていた。

「明日《あした》じゃないか……」

集合場所《しゅうごうばしょ》は、ＤＰＣ《ディーピーシー》東京支社《とうきょうししゃ》の地下《ちか》5階《かい》。

会社《かいしゃ》に集合《しゅうごう》ってことは、この招待状《しょうたいじょう》は本当《ほんとう》にＤＰＣ社《ディーピーシーしゃ》が出《だ》しているらしい。

おめでとうございます！
あなたはプロジェクト・エグザムへの
参加資格《さんかしかく》を与《あた》えられました！

この招待状《しょうたいじょう》はDPC社《ディーピーシーしゃ》が独自《どくじ》の基準《きじゅん》によって全国《ぜんこく》から選抜《せんばつ》した
将来《しょうらい》"有望《ゆうぼう》"な小学《しょうがく》6年生《ねんせい》にのみ送《おく》られています。

―――― 以下《いか》、プロジェクト・エグザムの参加方法《さんかほうほう》です。――――

①プロジェクトに参加《さんか》できるのは
この案内状《あんないじょう》を持《も》つ者《もの》のみ。

②この案内状《あんないじょう》を持《も》って指定《してい》された集合場所《しゅうごうばしょ》に来《き》て、
試験《しけん》を受《う》けてください。

③プロジェクトの『試験《しけん》』に合格《ごうかく》すれば、
思《おも》い通《どお》りの人生《じんせい》をプレゼントします。

※注意《ちゅうい》※

この招待状《しょうたいじょう》のことを他人《たにん》に話《はな》した場合《ばあい》、ペナルティが科《か》されます。

合格者《ごうかくしゃ》には、望《のぞ》んだものがすべて手《て》に入《はい》る人生《じんせい》を保証《ほしょう》します。
ほしいものはほしいときに、やりたいことはやりたいときに。
なにもかもが思《おも》いのままである勝者《しょうしゃ》の人生《じんせい》を与《あた》えましょう。
これは人生一度《じんせいいちど》きりのチャンスです。
ぜひ、あなたの人生《じんせい》を賭《か》けて挑《いど》んでください。

ドリーム・ピーク・コーポレーション

僕《ぼく》の頭《あたま》の中《なか》に、またいつもの言葉《ことば》が浮《う》かび上《あ》がってくる。

お前《まえ》じゃ無理《むり》だよ。ぜったい受《う》からない。考《かん》え直《なお》せ。

呪《のろ》いのような言葉《ことば》が、頭《あたま》の中《なか》をおおいつくしていく――けど。

【合格者《ごうかくしゃ》には、望《のぞ》んだものがすべて手《て》に入《はい》る人生《じんせい》を保証《ほしょう》します】

この一言《ひとこと》がどうしても頭《あたま》から離《はな》れない。

「これに受《う》かれば、僕《ぼく》はもう悩《なや》まないですむ……」

平凡《へいぼん》な僕《ぼく》が受《う》かるわけない。けど、これはきっと人生《じんせい》で1回《かい》のチャンス。

もういやだった……まわりからいろいろ言《い》われるのが。

自分《じぶん》にガッカリするのは、これで終《お》わりにしたかった。

机《つくえ》に置《お》いたスマートフォンの画面《がめん》が光《ひか》ってる。直人《なおと》たちと別《わか》れてから、僕《ぼく》はまたゲームの順位《じゅんい》をふたつ上《あ》げていた。そっと画面《がめん》を消《け》して、直人《なおと》たちの話《はな》していたことを思《おも》いだす。

……僕《ぼく》らはあと何回《なんかい》テストや受験《じゅけん》をすればいいんだろう？

……たった1回《かい》の試験《しけん》で人生《じんせい》が思《おも》い通《どお》りになるなら、人生《じんせい》で一番頑張《いちばんがんば》る。

あの時《とき》の会話《かいわ》は、たしかに僕《ぼく》も思《おも》っていたことだった。

テストが、受験《じゅけん》があるたびにこんな思《おも》いをするくらいなら……。

僕《ぼく》はもう一度《いちど》、招待状《しょうたいじょう》に目《め》を通《とお》した。

「もう二度《にど》とこんな思《おも》いに苦《くる》しまなくてすむのなら……」

――僕《ぼく》はゴクリとつばをのみこんで、招待状《しょうたいじょう》をにぎりしめた。

2　プロジェクトの真実《しんじつ》

「うわ……初《はじ》めて来《き》たけど、こんな大《おお》きいんだ」

土曜日《どようび》の早朝《そうちょう》、僕《ぼく》はDPC《ディーピーシー》東京《とうきょう》支社《ししゃ》の目《め》の前《まえ》に来《き》ていた。

全面《ぜんめん》がガラス張《ば》りの円塔《えんとう》になっていて、まるで空《そら》を突《つ》き刺《さ》すガラスのヤリみたいに見《み》える。

「入《い》り口《ぐち》は、ここかな？」

まわりをぐるっと確認《かくにん》して、それっぽい場所《ばしょ》でボタンを押《お》すとドアがひらいた。

そして、目《め》の前《まえ》に広《ひろ》がる光景《こうけい》に思《おも》わず「おお」と声《こえ》をあげてしまう。

――そこには、すでに僕《ぼく》と同《おな》い年《どし》くらいの子《こ》たちが大勢《おおぜい》いた。

きっとみんなプロジェクトの参加者《さんかしゃ》だろう。ただ、僕《ぼく》はそれよりも気《き》になることがあった。

「階段《かいだん》もエレベーターも、ない……？」

それどころかエントランスのはずなのに受《う》け付《つ》けもないし、なにより大人《おとな》がひとりもいない。

たとえるなら、まるで大《おお》きな箱《はこ》の中《なか》に入《い》れられたような気分《きぶん》だった。

なんにもない空間《くうかん》に、おおぜいの小学《しょうがく》6年生《ねんせい》がところせましと並《なら》んで立《た》っている。

あちこちでいろんな会話《かいわ》がとびかっているせいか、少《すこ》しさわがしかった。

その理由《りゆう》は……。


【プロジェクト参加者《さんかしゃ》の方《かた》はこのまま地下《ちか》5階《かい》へ】


と書《か》いてある大《おお》きな紙《かみ》が壁《かべ》に貼《は》られていたからだろう。

「おい、階段《かいだん》なんかどこにもねえぞ？」

「あーもうつかれた。もうここで待《ま》ってれば誰《だれ》か来《く》るんじゃない？」

地下《ちか》への行《い》き方《かた》がまるでわからず、みんなとまどっているようだった。

すると、いきなりうしろから誰《だれ》かに肩《かた》を組《く》まれて、僕《ぼく》はびくっとしながら振《ふ》り返《かえ》った。

「こんちわ！　ボクは**矢神一虎《やがみかずとら》**！　お兄《にい》さんの名前《なまえ》は？」

「え？　天城《あまぎ》リョウ……だけど」

「おー！　ならリョウって呼《よ》ばせてもらお！　ボクも一虎《かずとら》って呼《よ》んでな！」

えらくフレンドリーに話《はな》しかけられて、僕《ぼく》はついつい会話《かいわ》に乗《の》ってしまう。

「いや～、じつはさっきからこんな調子《ちょうし》なんだよねえ。ずっと手詰《てづ》まりでさ～」

一虎《かずとら》は小気味《こきみ》よく会話《かいわ》を進《すす》めていく。

どうやら彼《かれ》がここにたどり着《つ》いてから、それなりに時間《じかん》が経《た》っているようだった。

「それで、どんどん人《ひと》は増《ふ》えるのに誰《だれ》も地下《ちか》に行《い》けてないから、今《いま》こんな感《かん》じになってんの。ボクが思《おも》うに、おそらくこれは参加者《さんかしゃ》の力《ちから》を試《ため》してるんだと思《おも》う。いわば試験前《しけんまえ》の小《しょう》テストだ」

たどり着《つ》けるだけの力《ちから》がキミたちにあるのか？　ってね。と一虎《かずとら》は肩《かた》をすくめた。

……ってことは。

「このまま地下《ちか》に行《い》けなかったら？」

僕《ぼく》の質問《しつもん》に一虎《かずとら》は「そんなのかんたんだ」と親指《おやゆび》で首《くび》を切《き》る真似《まね》をする。

「全員不合格《ぜんいんふごうかく》で試験終了《しけんしゅうりょう》」

あっけらかんと言《い》い放《はな》つ一虎《かずとら》の前《まえ》で、僕《ぼく》は言葉《ことば》を失《うしな》った。

せっかく選《えら》ばれたのに、チャンスが来《き》たのに……何《なに》もできないままここで終《お》わるのか？

いつものテストのように、まるで歯《は》が立《た》たないままダメな結果《けっか》をつきつけられるのか？

……またあの日々《ひび》にもどるのか？

「そんなの、イヤだ……！」

小《ちい》さくつぶやいて、僕《ぼく》は口元《くちもと》を手《て》でおおいかくす。

昔《むかし》から、集中《しゅうちゅう》して考《かんが》える時《とき》にやってしまうクセだった。

「おいおいどうした？　具合悪《ぐあいわる》くなっちゃったか？」

僕《ぼく》の様子《ようす》を気《き》にしてくる一虎《かずとら》に無言《むごん》で首《くび》をふって、考《かんが》えることに集中《しゅうちゅう》する。

これが試験前《しけんまえ》の小《しょう》テストなのだとしたら、必《かなら》ず『答《こた》え』があるはずなんだ。

だから、地下《ちか》に行《い》く方法《ほうほう》は絶対《ぜったい》にある……けど、エスカレーターもエレベーターもない。階段《かいだん》もないなら、どうやって地下《ちか》に行《い》けばいいんだ？

「まあまあ、そんな考《かんが》え込《こ》むなよリョウ。ゲーム感覚《かんかく》で気軽《きがる》に考《かんが》えようぜ」

一虎《かずとら》の一言《ひとこと》に、うつむいていた僕《ぼく》はハッと顔《かお》をあげる。

「ゲーム……そういえば、前《まえ》にやってた脱出《だっしゅつ》ゲームでも似《に》たようなものが……もしかして！」

過去《かこ》の記憶《きおく》が一気《いっき》によみがえってきて、僕《ぼく》はあわててビルの入《い》り口《ぐち》にもどる。

「あ、おいおい！　せっかく来《き》たのに帰《かえ》るのか？　それはもったいないぞ！」

僕《ぼく》は「ちがう！」とさけびながら走《はし》り、さっき入《はい》ってきた入《い》り口《ぐち》の前《まえ》に立《た》つ。

「……うん。やっぱりだ」

僕《ぼく》が目《め》の前《まえ》に来《き》てもまったく反応《はんのう》しない自動《じどう》ドアを見《み》て、確信《かくしん》した。

そして、息《いき》を整《ととの》えながらドア横《よこ》の壁《かべ》をていねいに調《しら》べていく――――すると。


「あった！　階数表示《かいすうひょうじ》だ！」


壁《かべ》の一部《いちぶ》が横《よこ》にスライドして、エレベーターの階数《かいすう》を指定《してい》するボタンがあらわれた。

「ええ!?　なんで？　なんでわかったの？　ってか、これどこのエレベーターのボタン？」

おどろく一虎《かずとら》に、僕《ぼく》は笑《わら》ってうなずいた。

「どこのって、ここのだよ。この場所《ばしょ》がすごく大《おお》きなエレベーターなんだ！」

「……そんなことある!?」

一虎《かずとら》の声《こえ》が大《おお》きかったせいで、「なんだ？　なんだ？」と人《ひと》がどんどん集《あつ》まってくる。

なんだか恥《は》ずかしくなって、僕《ぼく》はさっさと地下《ちか》5階《かい》のボタンを押《お》した。

予想通《よそうどお》り、このフロア全体《ぜんたい》が下《した》に降《お》りていく感覚《かんかく》がやってくる。

最初《さいしょ》からおかしいと思《おも》っていた。

ガラス張《ば》りの円塔《えんとう》に見《み》えたのに、中《なか》には窓《まど》ひとつないし、何《なに》もない。人《ひと》もいない。

入《い》り口《ぐち》はボタンを押《お》してあける仕組《しく》みだったし。

なにより、貼《は》り紙《がみ》の【プロジェクト参加者《さんかしゃ》の方《かた》はこのまま地下《ちか》5階《かい》へ】って言葉《ことば》。

このままってことは、ここにいたままってことだ。

「だから、ここが大《おお》きなエレベーターなんだろうなって」

地下《ちか》5階《かい》に着《つ》くまでに説明《せつめい》を終《お》えると、一虎《かずとら》が感心《かんしん》した様子《ようす》でうなずく。

「さっすがー。やっぱり選《えら》ばれし小学《しょうがく》6年生《ねんせい》は一《ひと》味違《あじちが》うねえ。いよっ！　優勝候補《ゆうしょうこうほ》！」

その言葉《ことば》に、僕《ぼく》の頭《あたま》の中《なか》にモヤッとしたものが浮《う》かんでくる。

「なんだよ、その優勝候補《ゆうしょうこうほ》って。これに気《き》づけたのは、たまたま好《す》きなゲームに似《に》たような仕掛《しか》けがあったってだけだよ」

機械音《きかいおん》とともに自動《じどう》ドアが開《ひら》くと、そこにはさらに大《おお》きな空間《くうかん》が広《ひろ》がっていた。

おお！　と声《こえ》をあげながらみんながそこに降《お》り立《た》つ。

体格《たいかく》のいい人《ひと》、見《み》るからに勉強《べんきょう》ができそうな人《ひと》……それぞれ、なんだかすごい特技《とくぎ》を持《も》っている人《ひと》のように見《み》える。表情《ひょうじょう》から自信《じしん》が見《み》て取《と》れた。

その中《なか》に僕《ぼく》がいることじたいが、なんだか信《しん》じられない。

「うん、やっぱり僕《ぼく》は優勝候補《ゆうしょうこうほ》なんかじゃないな……」

じゃあね。と、手《て》を振《ふ》ると、一虎《かずとら》はニヤニヤ笑《わら》いながら僕《ぼく》の腕《うで》をつかんだ。

「まあまあ、そう言《い》うなって。たまたまでもなんでも、勝《か》てばいいんだよ。勝《か》ったもん勝《が》ち。勝《か》ったもん勝《が》ち」

という言葉《ことば》に僕《ぼく》はつい、「なにそれ」と笑《わら》ってしまう。

「さてさて、ボクらを地下《ちか》まで連《つ》れてきてくれたお礼《れい》をしなきゃだねえ」

お礼《れい》はしないと気《き》が済《す》まない性格《せいかく》なんだ。と言《い》い、一虎《かずとら》は僕《ぼく》の腕《うで》を引《ひ》いてぐんぐん歩《ある》き出《だ》す。

広《ひろ》い空間《くうかん》にちらばった参加者《さんかしゃ》たちを見回《みまわ》しながら、誰《だれ》かを捜《さが》しているようだった。

「っていうか、なんで一虎《かずとら》は僕《ぼく》と一緒《いっしょ》にいるわけ？　お礼《れい》とかいいから、好《す》きなとこに行《い》きなよ」

「好《す》きなところに行《い》っていいの？　じゃあリョウとどこに行《い》こうかなあ？」

「だからなんで僕《ぼく》も一緒《いっしょ》が前提《ぜんてい》なんだよ！」

思《おも》わずツッコむと、一虎《かずとら》はクスクス笑《わら》って「そういう反応《はんのう》してくれるからだよ」と言《い》った。

「じつは緊張《きんちょう》に耐《た》え切《き》れなくて、リョウが来《く》る前《まえ》にいろんな人《ひと》に話《はな》しかけてたのよ、ボク。でもなかなか話《はなし》がはずまなくってさー。リョウだけだよ、こうして楽《たの》しく会話《かいわ》してくれたの」

「一虎《かずとら》なら、誰《だれ》とでも仲《なか》よく話《はな》せそうだけど……」

「そんなことないんだな～これが。だから、ボクにとってリョウは特別《とくべつ》なんだ……」

一虎《かずとら》は勝手《かって》なことを言《い》いながら歩《ある》き続《つづ》けているととつぜん立《た》ち止《ど》まる。

たとえば、あいつとか。と一虎《かずとら》が指差《ゆびさ》したそこには、すごくするどい目《め》つきをした男子《だんし》がいた。

「名前《なまえ》は神崎氷河《かんざきひょうが》。話《はな》しかけたらめっちゃキレられたわー。ボクみたいな人間《にんげん》を見下《みくだ》してるんだろうね。自分《じぶん》が一番《いちばん》です。ってオーラがすごくてさ。マジであんなのばっかかよここは」

逆《ぎゃく》にそんな人《ひと》から名前《なまえ》だけでも聞《き》きだせたのがすごい気《き》がするけど……。

なんて考《かんが》えていたら、一虎《かずとら》はつぎに近《ちか》くにいたひとりの女《おんな》の子《こ》に気付《きづ》いて、「あ、いたいた」と手《て》を振《ふ》った。

その子《こ》がこちらに気《き》づいてふりむく。

ふわっとしたショートボブカットで、目鼻立《めはなだ》ちがくっきりとしたキレイな子《こ》だった。

しかし、その透《す》き通《とお》るようにキレイな顔《かお》は一虎《かずとら》を見《み》て、一気《いっき》にけわしい表情《ひょうじょう》になる。

「なに？　またあんた？」

いいかげんにしてよ。とにらまれて、僕《ぼく》は思《おも》わず一虎《かずとら》を見《み》た。

いったい何《なに》をしたんだよ、お前《まえ》……。

でも、一虎《かずとら》は笑顔《えがお》を崩《くず》さず「まあまあ」とその女《おんな》の子《こ》をなだめながら僕《ぼく》にウインクする。

「ほかにも感《かん》じよさそうだった人《ひと》は、あとふたりいたんだよな〜。あ、見《み》つけた！」

いや、この女《おんな》の子《こ》の反応《はんのう》はまったく感《かん》じがいいように見《み》えないんだけど……。

一虎《かずとら》は僕《ぼく》の視線《しせん》も無視《むし》して、離《はな》れたところにいた男子《だんし》ふたりを呼《よ》びに行《い》ってしまう。

チラリとその女《おんな》の子《こ》を見《み》る……が、気《き》まずすぎて何《なに》も話《はな》せない。

すると、とり残《のこ》された僕《ぼく》と目《め》が合《あ》って彼女《かのじょ》はあわれむようにため息《いき》をついた。

「きみも、あの人《ひと》にからまれたんだ？」

質問《しつもん》にコクコクとうなずくと、彼女《かのじょ》は肩《かた》をすくめた。

「選《よ》りすぐりの小学《しょうがく》6年生《ねんせい》が集《あつ》まってるんだから、変《へん》な奴《やつ》もいて当《あ》たり前《まえ》か」

災難《さいなん》だったね。と、手《て》を差《さ》し出《だ》される。僕《ぼく》はその手《て》をとって握手《あくしゅ》をかわした。

「私《わたし》は如月《きさらぎ》あかね」

「僕《ぼく》は天城《あまぎ》リョウ」

かるい自己紹介《じこしょうかい》を済《す》ますと、一虎《かずとら》がもどってくる。

「お待《ま》たせ〜！　この人《ひと》たちもめっちゃ感《かん》じよかったからさ！　もうこの際《さい》ボクらでチーム組《く》んじゃおうよ！　ね？　チーム一虎《かずとら》！　おお、いいじゃん！　かっこいいじゃん！　ねえ!?」

ひとりテンション高《たか》く話《はな》す一虎《かずとら》に無理《むり》やり腕《うで》を引《ひ》かれてきたふたりが、僕《ぼく》と目《め》を合《あ》わす。

あっとうてきにダサいチーム名《めい》にツッコむひまもなく、一虎《かずとら》は男子《だんし》たちを紹介《しょうかい》してくれた。

ひとりはアイドルみたいな美少年《びしょうねん》の鈴原奈央《すずはらなお》。

もうひとりはすごく優《やさ》しそうで話《はな》しやすい男子《だんし》、三船秋歩《みふねあきほ》。

「仲間《なかま》っていいもんだからさ！　きっと試験《しけん》のはげみになると思《おも》うんだよ！」

一虎《かずとら》が言《い》うには、どうやらこれが僕《ぼく》へのお礼《れい》らしい。

ありがたいけど……彼《かれ》らからしたらひどく勝手《かって》な話《はなし》なので「ありがとう」とは言《い》いづらかった。

一虎以外《かずとらいがい》なんとなく気《き》まずい空気《くうき》が流《なが》れて、僕《ぼく》は耐《た》え切《き》れなくなり、とにかく話題《わだい》を探《さが》す。

「そ、そういえばさ。みんなはどうしてこれに参加《さんか》しようと思《おも》ったの？」

「おお！　いいねえリョウ！　チーム一虎《かずとら》の仲《なか》を深《ふか》めるために、もう少《すこ》しだけ自分《じぶん》たちのこと話《はな》そうってことだろ？　いいじゃん！　おたがいの健闘《けんとう》を祈《いの》るのも込《こ》めて話《はな》そうぜ！」

全然《ぜんぜん》そんなつもりはなかったけど、一虎《かずとら》の勢《いきお》いに負《ま》けて僕《ぼく》はうなずいてしまう。

なんだか台風《たいふう》に巻《ま》き込《こ》まれたみたいに、僕《ぼく》らは一虎《かずとら》のペースに流《なが》されていた。

「じゃ……じゃあ、まずは私《わたし》から」

一虎《かずとら》にうながされるまま、あかねから話《はな》しだす。

「如月《きさらぎ》あかね。パティシエになるのが夢《ゆめ》で、将来《しょうらい》はお母《かあ》さんの洋菓子店《ようがしてん》を継《つ》ぎたいと思《おも》ってる。ここへはそんな将来《しょうらい》をつかみにきた」

ハッキリといい切《き》るあかねを見《み》て、僕《ぼく》は少《すこ》しとまどう。

今度《こんど》は秋歩《あきほ》が「じゃあつぎは僕《ぼく》が」と口《くち》をひらく。

「三船秋歩《みふねあきほ》。将来《しょうらい》はNPO《エヌピーオー》法人《ほうじん》を立《た》ち上《あ》げて困《こま》っている人《ひと》の役《やく》に立《た》ちたいと思《おも》ってて。だからここで合格《ごうかく》して、世界中《せかいじゅう》の人《ひと》たちを助《たす》けられるような大《おお》きな団体《だんたい》を作《つく》りたいなって」

夢《ゆめ》みたいな話《はなし》だけどさ。とはにかむ秋歩《あきほ》に僕《ぼく》らは「そんなことない」と首《くび》をふる。

すると奈央《なお》がおずおずと手《て》を挙《あ》げた。

「鈴原奈央《すずはらなお》。じつはまだ誰《だれ》にも言《い》ってないんだけど……恥《は》ずかしくて言《い》えないんだけど……夢《ゆめ》があって……それを叶《かな》えるチャンスかなって思《おも》ってここに来《き》たんだ」

顔《かお》を真《ま》っ赤《か》にしながら言《い》う奈央《なお》に、秋歩《あきほ》が「無《む》理《り》して夢《ゆめ》を言《い》う必要《ひつよう》ないからね」と微笑《ほほえ》む。

あかねも「おたがい夢《ゆめ》を叶《かな》えるためにがんばりましょう」とはげましていた。

そんな3人《にん》を見《み》て、僕《ぼく》は少《すこ》し気《き》がひけてしまう。

みんな、同《おな》い年《どし》なのにもう自分《じぶん》の進《すす》みたい道《みち》を見《み》つけている。

ちゃんと目的《もくてき》があって、このプロジェクトに参《さん》加《か》していた。

でも、僕《ぼく》は……。

「天城《あまぎ》リョウ。えっと、とにかく自分《じぶん》の人生《じんせい》をいいものにしたくてきました」

自分《じぶん》だけ夢《ゆめ》も何《なに》もないことに気後《きおく》れしてしまい、なんとなく敬語《けいご》になってしまった。

みんなは、夢《ゆめ》をかなえるという前向《まえむ》きな理由《りゆう》でここに来《き》ている。

それなのに僕《ぼく》は、自分《じぶん》が『現実《げんじつ》から逃《に》げるため』というひどくマイナスな理由《りゆう》でここに来《き》ていることが恥《は》ずかしくなってくる。

やっぱり、将来《しょうらい》の夢《ゆめ》がある人《ひと》って目《め》がキラキラしてるよな。

もしも思《おも》い通《どお》りの人生《じんせい》を手《て》に入《い》れたら、僕《ぼく》は何《なに》をやりたくなるんだろう。

なんにでもなれるとしたら……僕《ぼく》は。

プロゲーマーとか？　いや、ないない。それこそ親《おや》から猛反対《もうはんたい》されるだろうし。

ため息《いき》をついて首《くび》をふると、部屋《へや》が暗《くら》くなり、奥《おく》にむかってスポットライトが当《あ》てられた。


「プロジェクト・エグザムへようこそ！」

盛大《せいだい》な音楽《おんがく》と共《とも》に、異様《いよう》なマスクをつけたスーツ姿《すがた》の男《おとこ》が手品《てじな》のようにとつぜん現《あらわ》れる。

どうやらいよいよはじまるらしい。

彼《かれ》は両手《りょうて》を大《おお》きく広《ひろ》げて、そのまま僕《ぼく》たちをたたえはじめた。

「キミたちは選《えら》ばれた人間《にんげん》です！　だからこそ、自由《じゆう》に思《おも》い通《どお》りの人生《じんせい》を歩《あゆ》む権利《けんり》がある！」

力強《ちからづよ》くこぶしを握《にぎ》りながら、マスク男《おとこ》はつづける。

「世《よ》の中《なか》は不平等《ふびょうどう》だ！　残念《ざんねん》ながらキミたちの人生《じんせい》は生《う》まれた場所《ばしょ》、環境《かんきょう》でほとんど決《き》まっているのが現状《げんじょう》です……」

しかし！　とマスク男《おとこ》は語気《ごき》を強《つよ》める。

「生《う》まれた時点《じてん》で将来《しょうらい》の選択肢《せんたくし》の数《かず》に差《さ》があるなんて、おかしいでしょう⁉」

その言葉《ことば》には熱《ねつ》があり、なんだか僕《ぼく》はいつのまにか聞《き》き入《い》ってしまっていた。

「こんなもの、まるで『**呪《のろ》い**』だ。生《う》まれながらにして呪《のろ》われているんですよキミたちは。だからこそ、ここでチャンスをつかんで欲《ほ》しいんです！　そのためのプロジェクトなんです！」

音楽《おんがく》が止《と》まり、部屋全体《へやぜんたい》がふたたび明《あか》るく照《て》らされる。

「さあ、選《えら》ばれし者《もの》たちよ！　望《のぞ》み通《どお》りの人生《じんせい》を勝《か》ち取《と》る姿《すがた》をみせてください！」

――この呪験戦争《じゅけんせんそう》を生《い》き残《のこ》ってみせてくれ！


男《おとこ》のうしろに巨大《きょだい》なモニターがあらわれ『呪験戦争《プロジェクト・エグザム》』の文字《もじ》が映《うつ》しだされる。

その瞬間《しゅんかん》に、会場《かいじょう》にいた全員《ぜんいん》が「おおお！」と声《こえ》をあげていた。

呪験戦争《じゅけんせんそう》――プロジェクト・エグザム。

今《いま》から、僕《ぼく》たちの人生《じんせい》をかけた試験《しけん》が始《はじ》まるんだ。

しかし、つぎの一言《ひとこと》で熱気《ねっき》は一気《いっき》に静《しず》まる。


「合格者《ごうかくしゃ》はこの中《なか》の1名《めい》のみ！　あとの者《もの》は人生《じんせい》そのものを奪《うば》われます！」


……え？　と、動揺《どうよう》する会場《かいじょう》。

しかし、とまどう参加者《さんかしゃ》のことなんか気《き》にせず、マスク男《おとこ》は話《はなし》を続《つづ》ける。

「今《いま》から、ここにいる選《えら》ばれし100人《にん》でいくつかの試験《しけん》を受《う》けてもらいます！　そして最後《さいご》まで勝《か》ち残《のこ》ったひとりが『思《おも》い通《どお》りの人生《じんせい》』を獲得《かくとく》し、残《のこ》りの敗者《はいしゃ》は人生《じんせい》を奪《うば》われる」

かんたんな話《はなし》でしょう？　と男《おとこ》はクスクス笑《わら》った。

それを聞《き》いて、誰《だれ》かが手《て》を挙《あ》げた。

「人生《じんせい》を奪《うば》われるってどういう意味《いみ》ですか!?」

その質問《しつもん》にマスク男《おとこ》は「今《いま》さら聞《き》かなくてもわかるでしょう」と肩《かた》をすくめる。

「そのまんまの意味《いみ》ですよ。**試験《しけん》に脱落《だつらく》した瞬間《しゅんかん》に人生《じんせい》を奪《うば》われる。人生《じんせい》がそこで終《お》わるのです。人生終了《じんせいしゅうりょう》。この意味《いみ》、選《えら》ばれたキミたちなら理解《りかい》できますよね?**」

そう言《い》いながら、マスク男《おとこ》はこちらへ近寄《ちかよ》ってくる。

そして、なぜか僕《ぼく》のとなりにいた男子《だんし》の前《まえ》で立《た》ちどまった。

「さて。それでは、せっかくなのでみなさんに脱落者《だつらくしゃ》の具体的《ぐたいてき》な例《れい》をお見《み》せしましょう」

そう言《い》うと、マスク男《おとこ》はその男子《だんし》の腕《うで》をとり、ひきずっていく。

「招待状《しょうたいじょう》の注意事項《ちゅういじこう》にも書《か》かれていた通《とお》り、このプロジェクトのことをだれかに話《はな》したらペナルティがあるのは、みなさんご存《ぞん》じですよね?」

あばれる男子《だんし》をものともせず、すごい力《ちから》でひきずりつづける。

「彼《かれ》はそれをやぶり、友人《ゆうじん》にこの招待状《しょうたいじょう》を見《み》せてしまいました。もちろん、その友人《ゆうじん》にはしかるべき対応《たいおう》をして目《め》をつむってもらいましたが……」

そのままさっきまでマスク男《おとこ》が立《た》っていた場所《ばしょ》へともどる。

「彼《かれ》にはペナルティとして、ここで人生《じんせい》を終《お》わらせていただきます」

その言葉《ことば》とともに男子《だんし》の足《あし》もとの床《ゆか》が抜《ぬ》けて、真《ま》っ逆《さか》さまに落《お》ちていく。


――ああああああああ!!


耳《みみ》をつんざく悲鳴《ひめい》とともに落《お》ちていく男子《だんし》を見《み》て、みんな言葉《ことば》を失《うしな》った。

そんな僕《ぼく》らを見《み》て、マスク男《おとこ》は手《て》をたたきながら満足《まんぞく》そうにうなずく。

「まさに『脱落《だつらく》』といったところでしょうか。試験《しけん》に落《お》ちたら、文字通《もじどお》りこうして『落《お》ちて』いただきますので、みなさん死《し》ぬ気《き》で試験《しけん》にのぞんでください」

それを聞《き》いて、ゴクリとつばをのみこんだ。

受験《じゅけん》に落《お》ちたら人生終《じんせいお》わり。そういう気持《きも》ちで勉強《べんきょう》しろって、まわりから言《い》われてきた。

だけど、この場合《ばあい》の『人生終《じんせいお》わり』は……。


――命《いのち》の終《お》わりって意味《いみ》?

「お、俺《おれ》！　やっぱり辞退《じたい》します！」

「私《わたし》も！　そんなの無理無理《むりむり》！」

ひとり、ふたりと参加《さんか》をやめて帰《かえ》ろうとする人《ひと》が出《で》てくる。

当《あ》たり前《まえ》だけど、おおぜいの人《ひと》が帰《かえ》ることを望《のぞ》んだ。

僕《ぼく》とあかねも、急《いそ》いでその場《ば》から立《た》ち去《さ》ろうとした。

けど……それは叶《かな》わなかった。

「ねえ、エレベーター……止《と》まってるんだけど」

あかねが青《あお》ざめた顔《かお》で、何度《なんど》もボタンを押《お》しながら振《ふ》り返《かえ》る。

その言葉《ことば》に僕《ぼく》は絶望《ぜつぼう》した。

ゆいいつの帰《かえ》り道《みち》であるエレベーターが動《うご》かない。

ほかに出入《でい》り口《ぐち》はない。さらにここは地下《ちか》5階《かい》だ。ということは……。

「完全《かんぜん》に、とじこめられた……」

僕《ぼく》の一言《ひとこと》で、まわりはさらにパニックになる。

しかし、壁《かべ》をたたこうが何《なに》しようが逃《に》げ道《みち》は見《み》つからなかった。

あきらめたように力《ちから》なく地面《じめん》にひざをついたり、泣《な》き叫《さけ》ぶ人《ひと》も出《で》てくる中《なか》、マスク男《おとこ》はパンパンと手《て》をたたいてみんなの視線《しせん》を集《あつ》める。

「はいはい！　見苦《みぐる》しい真似《まね》はよしなさい！　ここに来《き》た時点《じてん》で参加《さんか》とみなし、辞退《じたい》は一切認《いっさいみと》めません。時間《じかん》は戻《もど》らないのと同《おな》じです。受験《じゅけん》にやり直《なお》しはないでしょう？」

だから……。とマスク男《おとこ》は僕《ぼく》たちを指《ゆび》さした。

「キミたちにはもう呪験《じゅけん》に立《た》ち向《む》かう道《みち》しか残《のこ》されていないんですよ……」

とつぜんつきつけられた地獄《じごく》のような現実《げんじつ》。マスク男《おとこ》はそのまま試験内容《しけんないよう》の発表《はっぴょう》を始《はじ》める。

「それではさっそく試験《しけん》に移《うつ》りましょう。最初《さいしょ》の試験《しけん》はいきなり狭《せま》き門《もん》になります。合格者《ごうかくしゃ》は最《さい》高《こう》で40名《めい》までの定員制《ていいんせい》。つまりこの中《なか》の半分以上《はんぶんいじょう》は確実《かくじつ》に……」


——人生《じんせい》を終《お》えることになります。


その言葉《ことば》に、僕《ぼく》らは息《いき》をのんだ。

まさか、いきなり最初《さいしょ》の試験《しけん》で半分以上《はんぶんいじょう》が消《け》されるなんて……。

ただでさえ、選《よ》りすぐりの小学生《しょうがくせい》が集《あつ》まっているこの試験《しけん》。僕《ぼく》なんかが勝《か》てる要素《ようそ》はどこにも見当《みあ》たらない。でも試験《しけん》に受《う》からなければ、僕《ぼく》の命《いのち》は……。

参加者《さんかしゃ》の動揺《どうよう》をよそにマスク男《おとこ》は楽《たの》しそうに背後《はいご》にある壁《かべ》に手《て》を向《む》ける。

「第《だい》1次試験《じしけん》は『トビラをあけろ！』です！」

3・命《いのち》がけの競走《きょうそう》

マスク男《おとこ》の高《たか》らかな宣言《せんげん》とともにモニターが上《うえ》に収納《しゅうのう》され、部屋《へや》の奥《おく》の壁《かべ》がゆっくりとひらきだした。

「ルールはかんたん！　今《いま》、キミたちのいるその場所《ばしょ》から部屋《へや》の奥《おく》にある『トビラ』まで走《はし》っていただき、トビラの中《なか》に入《はい》った者《もの》が試験合格《しけんごうかく》となります！」

マスク男《おとこ》はつづける。

ひらかれた壁《かべ》の奥《おく》、500メートル先《さき》に40個《こ》のトビラが並《なら》んでいるらしい。

トビラひとつにつき、入《はい》れるのは1名《めい》のみ。だれかが入《はい》ったトビラは二度《にど》と開《ひら》かない。

制限時間《せいげんじかん》は15分《ふん》。しかし、すべてのトビラに人《ひと》が入《はい》ったらその時点《じてん》で試験終了《しけんしゅうりょう》となる。

「試験《しけん》と言《い》っても、筆記試験《ひっきしけん》ってわけじゃなく体力《たいりょく》も使《つか》うのね……」

あかねのつぶやきに、僕《ぼく》もルールを頭《あたま》にたたきこみながら「たしかに」と返《かえ》した。

「また、トビラまでの道《みち》では左右《さゆう》の壁《かべ》からインク入《い》りのカラーボールが発射《はっしゃ》されます。それに当《あ》たった人《ひと》はその時点《じてん》で脱落《だつらく》です」

マスク男《おとこ》が言《い》うと、左右《さゆう》の壁《かべ》の上《うえ》のほうから発射口《はっしゃこう》がズラッとあらわれる。

ななめ下《した》の床《ゆか》にむけられたあの発射口《はっしゃこう》から一斉《いっせい》に発射《はっしゃ》されたら、避《よ》けるのはかなり大変《たいへん》そうだ。

しかも、1個《こ》でも当《あ》たったら脱落《だつらく》。

床《ゆか》にはまるで目印《めじるし》のように、各《かく》トビラへ続《つづ》く黒《くろ》のラインがまっすぐ5本《ほん》ずつ引《ひ》かれている。

トビラまで500メートルなら、おそらく全速力《ぜんそくりょく》で走《はし》れば3分《ぷん》もかからないだろう。

だけど、ボールを避《よ》けながらになるとまっすぐは走《はし》れないし、足《あし》は止《と》まるだろうし、でも止《と》まったらボールが当《あ》たるからそこでも避《よ》けなきゃいけないし……。

頭《あたま》の中《なか》でいろんなシミュレーションが進《すす》んでいく。

「では、そろそろ始《はじ》めましょうかね。みなさんのご活躍《かつやく》を楽《たの》しみにしております」

最後《さいご》に大事《だいじ》なことなので、もう一度《いちど》言《い》いますね。とマスク男《おとこ》は笑《わら》う。


——呪験《じゅけん》は落《お》ちたら、終《お》わりです。

「今後《こんご》、試験《しけん》を放棄《ほうき》したとみなされる者《もの》はその時点《じてん》で強制的《きょうせいてき》に『脱落《だつらく》』とします！　なので、走《はし》らないとかナシですよ？　では、みなさんの分析力《ぶんせきりょく》に期待《きたい》して第《だい》1次試験《じしけん》スタート！」

宣言《せんげん》と同時《どうじ》にマスク男《おとこ》は手品《てじな》のように消《き》え去《さ》り、天井《てんじょう》の電光掲示板《でんこうけいじばん》に制限時間《せいげんじかん》のカウントが表示《ひょうじ》される。

そして、会場内《かいじょうない》になぜかアップテンポの【ドレミのうた】が爆音《ばくおん》で流《なが》れはじめた。

その瞬間《しゅんかん》。

「うああああああああああ！」

一斉《いっせい》に左右《さゆう》から大量《たいりょう》のカラーボールが勢《いきお》いよくふりそそぎ、あちこちから悲鳴《ひめい》が上《あ》がる。

どうやらカラーボールが当《あ》たった人《ひと》は、足《あし》もとの床《ゆか》が抜《ぬ》けて下《した》に落下《らっか》していく仕組《しく》みらしい。

まだ開始《かいし》してからほんの数秒《すうびょう》なのに、ボールに当《あ》たった人《ひと》がつぎつぎ消《き》えていく。

発射《はっしゃ》されるボールの数《かず》が予想以上《よそういじょう》に多《おお》く、まわりは一気《いっき》にパニックになってしまった。

「まずいまずい！　どうしよう⁉」

頭《あたま》を守《まも》りながら奈央《なお》が聞《き》いてくる。

こうしているあいだにも、どんどんボールは飛《と》んできて参加者《さんかしゃ》の人生《じんせい》を奪《うば》っていく。

「このままここにいたら試験放棄《しけんほうき》と見《み》なされかねない！　とにかく進《すす》むんだ！　走《はし》れ！　走《はし》れ」

マスク男《おとこ》の言葉《ことば》が頭《あたま》をよぎって僕《ぼく》がさけぶと、混乱《こんらん》していたみんなも一斉《いっせい》に走《はし》りだす。

立《た》ち止《ど》まっていたら、自分《じぶん》の人生《じんせい》が終《お》わるのを待《ま》つだけ。

でも、走《はし》り出《だ》したからと言《い》ってそのままトビラまでたどりつけるわけもない。

ひとり、またひとりと消《け》され、そこらじゅうで悲鳴《ひめい》と怒号《どごう》がとびかう。

ようしゃなくおそいかかる、大量《たいりょう》のカラーボール。

これをぜんぶ避《よ》けて500メートル走《はし》り切《き》らなければ、人生《じんせい》が終《お》わる。

しかも、制限時間《せいげんじかん》はたったの15分《ふん》……状況《じょうきょう》は完全《かんぜん》に最悪《さいあく》だった。

今《いま》のところまだ僕《ぼく》が生《い》き残《のこ》っているのは、単純《たんじゅん》に運《うん》がよかっただけだろう。

混乱《こんらん》のせいで、いつのまにか秋歩《あきほ》と奈央《なお》とは、はなればなれになってしまった。

「もう！　キリがない！」

声《こえ》を上《あ》げながら、あかねがギリギリでカラーボールをかわす。

「この音楽《おんがく》のせいで、なんだか変《へん》な運動会《うんどうかい》の競技《きょうぎ》に参加《さんか》した気分《きぶん》だ！　これ、いっそボールが発射《はっしゃ》されるリズムにあわせて踊《おど》りながら走《はし》った方《ほう》が、ボールを避《よ》けやすいんじゃないか？」

一虎《かずとら》はじょうだんまじりに言《い》うけど、その表情《ひょうじょう》にはもう余裕《よゆう》がなかった。

すると、すぐそばでケンカのような声《こえ》がひびいてくる。

「おい！　こら！　引《ひ》っ張《ぱ》るな！」

「どけよ！　じゃまだ！」

顔《かお》をむけると、罵声《ばせい》を飛《と》ばしあいながらおたがいの足《あし》を引《ひ》っ張《ぱ》る参加者《さんかしゃ》のすがたが見《み》えた。

足《あし》をひっかけて転《ころ》ばせたり、えりをつかんでうしろにひきずりたおしたり……。

そこかしこでおこなわれている。

まるで地獄《じごく》のような光景《こうけい》だった。

そんな中《なか》、僕《ぼく》やあかねや一虎《かずとら》が必死《ひっし》にボールを避《よ》けながら進《すす》んでいるうちに、どんどん通過者《つうかしゃ》が出《で》てきていた。

「良《い》いペースで通過者《つうかしゃ》が出《で》てきています！　残《のこ》りのトビラは20個《こ》！　みなさん急《いそ》いで！」

マスク男《おとこ》が楽《たの》しそうに実況《じっきょう》している。

天井《てんじょう》の電光掲示板《でんこうけいじばん》には、残《のこ》り時間《じかん》と残《のこ》りのトビラの数《かず》が映《うつ》しだされていた。

「もう半分《はんぶん》になったのか……」

一虎《かずとら》が「まずいね、これは」と汗《あせ》をぬぐう。

まだ開始《かいし》5分《ふん》だというのに、僕《ぼく》らがボールに苦戦《くせん》して少《すこ》しずつしか前《まえ》に進《すす》めていない状況《じょうきょう》の中《なか》、どんどんゴールする人《ひと》が出《で》てきている。

僕《ぼく》の視線《しせん》の先《さき》では、本当《ほんとう》にダンスを踊《おど》るみたいにボールをかわす人《ひと》がいたり。

ボールを割《わ》らずにつかんで機械《きかい》に投《な》げ返《かえ》す人《ひと》がいたり。

おびえながらも幸運《こううん》なことに当《あ》たらずに済《す》む人《ひと》もいたり……。

強者《きょうしゃ》たちが、様々《さまざま》なやり方《かた》で思《おも》い通《どお》りの人生《じんせい》を勝《か》ち取《と》るために突《つ》き進《すす》んでいた。

足止《あしど》めをくいながら、まだ半分《はんぶん》も進《すす》めていない僕《ぼく》らとの差《さ》がハッキリと出《で》ていた。

「このままじゃ、僕《ぼく》らはみんなここで――」

なんとかしないと。と、僕《ぼく》がひとりつぶやいた時《とき》だった。

「お、つぎの獲物《えもの》はっけ〜ん！」

いきなり視界《しかい》の端《はし》から誰《だれ》かが体当《たいあ》たりしてきて、僕《ぼく》とあかねがその場《ば》に転《ころ》んでしまう。

全身《ぜんしん》に痛《いた》みが走《はし》る。

それでも、地面《じめん》にたおれていたらボールが当《あ》たってしまうので、すぐに僕《ぼく》は立《た》ち上《あ》がった。

けど、あかねは転《ころ》んだ時《とき》の痛《いた》みがひどかったのか、顔《かお》をしかめて立《た》てないでいた。

「あかね!? どこかケガでも……」

あわてて駆《か》け寄《よ》ろうとした、その時《とき》。

「リョウ！ あぶない！」

一虎《かずとら》が僕《ぼく》の肩《かた》をつかんで止《と》める。

その瞬間《しゅんかん》に、誰《だれ》かの足《あし》がすごい勢《いきお》いで僕《ぼく》の鼻先《はなさき》をかすめた。

「おっしいなあ。止《と》められなきゃ顔面《がんめん》にヒットしてたのに」

その声《こえ》にふりむくと、そこには。

「神崎《かんざき》、氷河《ひょうが》……」

まるでゴミでも見《み》るような冷《つめ》たい目《め》で、僕《ぼく》らを見下《みお》ろす神崎《かんざき》がいた。

「あん？ なんで俺《おれ》の名前《なまえ》を……って、そいつから聞《き》いたのか」

神崎《かんざき》は一虎《かずとら》を見《み》て、フンと鼻《はな》を鳴《な》らした。

「いきなり、なにするんだよ！　お前《まえ》に妨害《ぼうがい》されるおぼえは――」

僕《ぼく》が言《い》いかけると、あせった顔《かお》をした一虎《かずとら》が「待《ま》て」とさえぎってくる。

一虎《かずとら》はそのまま神崎《かんざき》から目《め》を離《はな》さずに、となりにいる僕《ぼく》にだけ聞《き》こえる声《こえ》で耳打《みみう》ちしてきた。

「こいつ、ヤバいにおいがプンプンする。いきなりリョウとあかねを転《ころ》ばせてきたのも意味《いみ》わかんないし、とにかく早《はや》くここから逃《に》げ――」

「逃《に》がすわけねえだろ」

一虎《かずとら》の言葉《ことば》をさえぎるように神崎《かんざき》が言《い》う。

空気《くうき》が一瞬《いっしゅん》でピンと張《は》りつめた。

「つまんねー。マジでつまんなすぎ。どいつもこいつも退屈《たいくつ》すぎて全然楽《ぜんぜんたの》しくねえなあ」

言《い》いながら神崎《かんざき》は天井《てんじょう》を見上《みあ》げた。

「だいたい退屈《たいくつ》すぎんだよこの試験《しけん》。張《は》り合《あ》いがねえから、てきとうにほかの参加者《さんかしゃ》で遊《あそ》びながら進《すす》んでんのに、競走相手《きょうそうあいて》すらザコでつまんねーとかマジで終《お》わってんだろ」

どいつもこいつもバカすぎ、弱《よわ》すぎ。と神崎《かんざき》は吐《は》き捨《す》てる。

この言葉《ことば》から察《さっ》するに、神崎《かんざき》は自分《じぶん》が楽《たの》しむためだけにほかの人《ひと》を脱落《だつらく》させているようだ。

そして、どうやら僕《ぼく》らは次《つぎ》のターゲットに認定《にんてい》されてしまったらしい。

まずいぞ……さっきの体当《たいあ》たりからして、おそらくこいつとんでもない力《ちから》を持《も》ってる。

くわえて他人《たにん》を蹴落《けお》として楽《たの》しみながら進《すす》めているこの現状《げんじょう》。

これは力《ちから》だけで進《すす》める試験《しけん》じゃない、だとすると神崎《かんざき》は頭《あたま》もそうとう良《い》いのかも。

だとしたら、どうする？　どうすれば、この場《ば》から逃《に》げ切《き》れる？

僕《ぼく》が口元《くちもと》に手《て》を置《お》こうとした瞬間《しゅんかん》、あかねが神崎《かんざき》のすきをついて走《はし》り出《だ》す。

けど、この場《ば》から逃《に》げ去《さ》ろうとした彼女《かのじょ》を神崎《かんざき》はいともかんたんにつかまえて、床《ゆか》に投《な》げた。

苦痛《くつう》に顔《かお》をゆがめるあかねに、神崎《かんざき》は笑《わら》う。

「逃《に》げるなんて無理《むり》だぜ？　力《ちから》も頭《あたま》も俺《おれ》にかなうやつなんていねえんだからな」

言《い》いながら神崎《かんざき》はあかねにゆっくりと近《ちか》づいた。

「ちょうどいいや……」

神崎《かんざき》は薄気味悪《うすきみわる》い笑《え》みを浮《う》かべる。

「**お前《まえ》の人生《じんせい》を一番《いちばん》に終《お》わらせてやろう……**」

その言葉《ことば》に、あかねの目《め》がハッと大《おお》きく見開《みひら》かれる。

あかねは……ようやく立《た》ち上《あ》がれたけど、傷《いた》みがひどいのか逃《に》げられそうにもない。

「逃《に》げるなら今《いま》のうちだぞ……？　つかまったら、人生終《じんせいお》わりだぞ？」

ゆっくりと神崎《かんざき》の手《て》があかねに伸《の》びていく。

僕《ぼく》はそれを見《み》て、体《からだ》がふるえる。

ダメだ……力《ちから》じゃかなわない……かなうわけがない……ダメだ、ダメだ、ダメだ。

「……うう、うわああああああ!!」

4　キミを助《たす》ける理由《りゆう》

気《き》づけば、僕《ぼく》は叫《さけ》びながら神崎《かんざき》に突進《とっしん》していた。

「はあ？　なんだお前《まえ》。じゃまだ、どけよ」

神崎《かんざき》の腰《こし》にしがみついて、必死《ひっし》に押《お》し返《かえ》そうとするけどビクともしない。

そりゃそうだ。

力《ちから》でかないっこないって、体当《たいあ》たりされた時《とき》からわかっていた。

「ちょっ！　リョウ、何《なに》やってんの⁉」

あかねの声《こえ》が背中《せなか》にかけられるけど、僕《ぼく》は振《ふ》り返《かえ》る余裕《よゆう》もないまま口《くち》をひらく。

「そんなの僕《ぼく》もわかんないよ！」

そう。体《からだ》が勝手《かって》に動《うご》いた。としか言《い》えなかった。

自分《じぶん》でもバカな選択《せんたく》をしたなと思《おも》ってる。

力《ちから》じゃかなわないってわかってるのに力勝負《ちからしょうぶ》するなんて、わざわざ負《ま》けに行《い》くようなもんだ。

でも、それでも……。

あそこでなんにもしないまま終《お》わるのは、なんだか許《ゆる》せなかった！

「う、おおおおお……」

全力《ぜんりょく》をこめて、神崎《かんざき》をあかねから遠《とお》ざける。

必死《ひっし》に足《あし》をふんばって押《お》し返《かえ》す。

……けど。

「もういいか？　時間《じかん》もだいぶ過《す》ぎちまったし」

「え？」

神崎《かんざき》のあきれたような声《こえ》とともに、僕《ぼく》の体《からだ》がグッと持《も》ち上《あ》げられる。

「うわっ！」

「てきとうにぶん投《な》げりゃ、ボールが当《あ》たって脱落《だつらく》すんだろ。じゃあな、ザコくん」

僕《ぼく》の足《あし》が宙《ちゅう》に浮《う》いて、神崎《かんざき》が投《な》げ飛《と》ばそうとした瞬間《しゅんかん》！

「させるかぁ‼」

声《こえ》とともに僕《ぼく》の体《からだ》がはじかれて、地面《じめん》に落《お》ちる。

「……え？」

反射的《はんしゃてき》に体《からだ》を起《お》こした僕《ぼく》の視線《しせん》の先《さき》には、一虎《かずとら》の背中《せなか》があった。


「一虎《かずとら》！　……なんで⁉」


どうやら神崎《かんざき》は僕《ぼく》の体《からだ》を持《も》ち上《あ》げた時《とき》に、一虎《かずとら》に体当《たいあ》たりされてバランスを崩《くず》したらしい。

僕《ぼく》の体《からだ》が床《ゆか》に落《お》ちると同時《どうじ》に、一虎《かずとら》はそのまま神崎《かんざき》と肩《かた》をつかみあっていた。

「いやあ……ボクも全力《ぜんりょく》出《だ》せば意外《いがい》にいけるもんだねえ」

一虎《かずとら》は微笑《ほほえ》みながら言《い》う。

逆《ぎゃく》に神崎《かんざき》は、少《すこ》しおどろいたような表情《ひょうじょう》をしていた。

信《しん》じられないことに、一虎《かずとら》はじょじょに神崎《かんざき》をうしろへ押《お》し返《かえ》していく。

「なんなんだこいつ……‼」

あせった神崎《かんざき》は歯《は》を食《く》いしばって一虎《かずとら》を押《お》し返《かえ》そうとするけど、その体《からだ》はゆっくりとうしろへ押《お》されていった。

まさか、一虎《かずとら》が神崎《かんざき》に押《お》し勝《か》つなんて……。

でも、このままじゃ！

「一虎《かずとら》！　もういいから！　このままじゃカラーボールが当《あ》たっちゃうぞ！」

ふたりの体《からだ》のそばをビュンビュンとボールが飛《と》び交《か》っている。

もうふたりはいつボールが当《あ》たってもおかしくなかった。

「このやろう！　ふざけた真似《まね》しやがって！」

さすがの神崎《かんざき》も、なりふりかまわず必死《ひっし》に一虎《かずとら》をふりほどこうとする。

けど、一虎《かずとら》はどんなにふりまわされても手《て》を離《はな》さなかった。

「なにやってんだよ！　一虎《かずとら》！　このままじゃ神崎《かんざき》と一緒《いっしょ》にお前《まえ》も脱落《だつらく》しちゃうぞ！」

「……ダメだ！　気《き》を抜《ぬ》いたら一気《いっき》にやられる！　今《いま》ボクがやられたら、そのいきおいでリョウとあかねも脱落《だつらく》させる気《き》だ、こいつは！」

だから死《し》んでも離《はな》さない！　と一虎《かずとら》は必死《ひっし》な声《こえ》で叫《さけ》んだ。

「でも、このままじゃ一虎《かずとら》が脱落《だつらく》しちゃうだろ！　そしたら……」

「いいんだよそれで！」

僕《ぼく》の言葉《ことば》をさえぎって、一虎《かずとら》はこっちを向《む》く。

必死《ひっし》の顔《かお》でふんばっていた一虎《かずとら》は、小《ちい》さな笑《え》みを浮《う》かべた。

「ここで全員《ぜんいん》やられるくらいなら、ボクがやられてふたりが助《たす》かるほうがいい……リョウが助《たす》かるほうがいい！」

そう言《い》って笑《わら》う一虎《かずとら》の顔《かお》は、誰《だれ》よりも優《やさ》しく見《み》えた。

「なんで、そこまで……僕《ぼく》ら、今日《きょう》会《あ》ったばかりだろ？　どうして自分《じぶん》の命《いのち》をかけてまで僕《ぼく》なんかを助《たす》けるんだよ！」

僕《ぼく》の声《こえ》はふるえていた。

けど、一虎《かずとら》はずっと笑《わら》っていた。

「そんなの、かんたんだよ」

――リョウが、僕《ぼく》と話《はな》してくれたからさ。

「言《い》っただろ？　楽《たの》しく会話《かいわ》してくれたのはリョウだけだったって。ボクさ、すごくうれしかったんだ」

「そんな……それだけで」

僕《ぼく》が言《い》うと、一虎《かずとら》は笑《わら》って首《くび》を振《ふ》る。

「ボクにとっては大事《だいじ》なことだったんだよ……ちゃんと話《はな》せるやつなんて、ずっといなかったからさ。ようやく出会《であ》えたって思《おも》ったんだ。だから、キミは僕《ぼく》にとって特別《とくべつ》なんだよ」

その言葉《ことば》の意味《いみ》や重《おも》さは、僕《ぼく》には計《はか》り知《し》れない。

今《いま》でもやっぱり、その身《み》を犠牲《ぎせい》にしてでも僕《ぼく》を助《たす》ける一虎《かずとら》が理解《りかい》できない。

けど、一虎《かずとら》が本気《ほんき》で僕《ぼく》を助《たす》けようとしてくれているのだけは、しっかりと伝《つた》わってきた。

その言葉《ことば》がウソじゃないってこともハッキリとわかった。

すると、一虎《かずとら》は「というわけで〜」といつもの調子《ちょうし》にもどる。

「これはボクからのお礼《れい》だよ。リョウ」

一虎《かずとら》はさらに力《ちから》をこめて、神崎《かんざき》を押《お》し返《かえ》す。

「お礼《れい》をしなきゃ気《き》が済《す》まない性格《せいかく》なもんでね！」

さらに一歩《いっぽ》押《お》し返《かえ》して、一虎《かずとら》はさけんだ。


「――――キミの命《いのち》を救《すく》えるなら、この命《いのち》だってくれてやる！」

一虎《かずとら》の力《ちから》に負《ま》けて、神崎《かんざき》は「くそっ！」と舌打《したう》ちしながら押《お》されていった。

一虎《かずとら》は力《ちから》をふりしぼって叫《さけ》ぶ。

「リョウ！　最後《さいご》に伝《つた》えとく！　きっとキミならこの試験《しけん》のクリア方法《ほうほう》に気《き》づけるはずだ！　パズルのピースはもうそろってる！　今《いま》いる場所《ばしょ》が最後《さいご》のヒントだ！」

「どういうことだよ！　一虎《かずとら》！　もういいから、こっちにもどってきてくれよ！」

僕《ぼく》が言《い》っても、一虎《かずとら》は首《くび》を縦《たて》にふらない。

必死《ひっし》に神崎《かんざき》を押《お》さえ込《こ》んで、そして僕《ぼく》をまっすぐ見《み》てこう言《い》った。

「たぶん、これは単純《たんじゅん》な体力《たいりょく》試験《しけん》じゃない！　きっとなにかカラクリがあるはずだ！　リョウ！　キミならきっとその答《こた》えを導《みちび》き出《だ》せる！　キミならできる！　信《しん》じてる！」

だから。と一虎《かずとら》は笑《わら》った。


「ボクのぶんまで、がんばってくれ。優勝候補《ゆうしょうこうほ》！」


そう言《い》った瞬間《しゅんかん》に――――一虎《かずとら》のほほにカラーボールが当《あ》たる。

ベチャッと赤《あか》いインクが顔《かお》に広《ひろ》がったまま、一虎《かずとら》は僕《ぼく》を見《み》て笑《わら》っていた。

「さよなら。またどこかで会《あ》えたら、いいな」

そう言《い》って、一虎《かずとら》は床下《ゆかした》に消《き》えていく。
悲鳴《ひめい》ひとつあげずに、彼《かれ》は笑《わら》って人生《じんせい》の終《お》わりをむかえてしまった。

「一虎《かずとら》ぁあああああああ！」


僕《ぼく》の声《こえ》はむなしく響《ひび》き、何事《なにごと》もなかったかのように一虎《かずとら》をのみこんだ穴《あな》がふさがれる。

そこにあるのはなんのへんてつもない床《ゆか》だった。

「……ちっ。あの野郎《やろう》。もう遊《あそ》んでる時間《じかん》もねえじゃねえか」

神崎《かんざき》は電光掲示板《でんこうけいじばん》を見上《みあ》げて舌打《したう》ちすると、僕《ぼく》らを一度《いちど》にらみつけてトビラの方《ほう》へ走《はし》っていく。

マスク男《おとこ》は今《いま》も楽《たの》しそうに実況《じっきょう》している。

「試験終了《しけんしゅうりょう》まで、あと5分《ふん》です！」

残《のこ》された僕《ぼく》とあかねは、そこから動《うご》けなかった……。

5 最後《さいご》のトビラをあけたのは……

一虎《かずとら》は、僕《ぼく》らを守《まも》って消《き》えてしまった。
まだ出会《であ》って1日《にち》も経《た》ってない僕《ぼく》らのために、自分《じぶん》の人生《じんせい》を懸《か》けて戦《たたか》ってくれた。
「ウソ、でしょ……？」
あかねが力《ちから》なくぺたんとその場《ば》に座《すわ》り込《こ》む。
僕《ぼく》も、床《ゆか》に手《て》をついて目《め》をつむった。
どうして自分《じぶん》が犠牲《ぎせい》になってでも僕《ぼく》らを助《たす》けてくれたのか。
やっぱりまだ全部《ぜんぶ》は理解《りかい》できない。
それでも、一虎《かずとら》が僕《ぼく》を助《たす》けてくれたのは事実《じじつ》だ。
一虎《かずとら》は言《い》った。
ボクのぶんまでがんばってくれって。
僕《ぼく》ならこの試験《しけん》のクリア方法《ほうほう》に気《き》づけるって。

信《しん》じてくれたんだ。

だから……せめて僕《ぼく》にできることは。

僕《ぼく》の力《ちから》を信《しん》じてくれた一虎《かずとら》のために。


——なんとしてでもこの試験《しけん》をクリアするんだ！


「信《しん》じるよ、一虎《かずとら》が信《しん》じてくれた僕《ぼく》を……僕《ぼく》も信《しん》じてみる！」

そう言《い》い切《き》って、僕《ぼく》は目《め》をひらいた。

見上《みあ》げた電光掲示板《でんこうけいじばん》は残《のこ》り時間《じかん》が４分《ぷん》を切《き》ったことと、残《のこ》りのトビラが10個《こ》になったことを示《しめ》している。

「時間《じかん》がない……あかね、協力《きょうりょく》してくれ。ここを突破《とっぱ》するぞ」

「え？　でも……」

「迷《まよ》ってる時間《じかん》はないんだ！　たのむ！　なんでもいい、とにかく気《き》になったこと、気《き》づいたことを僕《ぼく》に教《おし》えてくれ。僕《ぼく》が必《かなら》ずそこからクリアにつながる『答《こた》え』を見《み》つけてみせるから！」

僕《ぼく》のあせりが伝《つた》わったのか、あかねは目《め》をパチパチさせながらうなずいた。

「わ、わかったって……えーっと、私《わたし》が気《き》になってるのは床《ゆか》の黒《くろ》い線《せん》？　なんで5本《ほん》ずつなのかな？　とか……あ、それよりももっと気《き》になることがあった！」

あかねは何《なに》かを思《おも》い出《だ》したようにパン！　と手《て》をたたいて僕《ぼく》へ向《む》く。

「――ねえ。なんで、ここにはボールが飛《と》んでこないの？」

その言葉《ことば》に僕《ぼく》はハッとして、「……まさか」と口元《くちもと》を片手《かたて》でおおいかくして集中《しゅうちゅう》する。

そうだ……一虎《かずとら》も、この場所《ばしょ》が最後《さいご》のヒントだと言《い》っていた。

神崎《かんざき》からどう逃《に》げるかってことにばかり意識《いしき》を取《と》られて気《き》づけなかったけど、あかねの言《い》う通《とお》り、ここで立《た》ち止《ど》まってから僕《ぼく》はカラーボールを避《よ》けた覚《おぼ》えがない。

ほかの場所《ばしょ》も確認《かくにん》してみると、どうやらそういう場所《ばしょ》はここだけじゃないようだ。

「ところどころに安全地帯《あんぜんちたい》がある？　ってことは、ボールはランダムに飛《と》んでるわけじゃない？」

よく確認《かくにん》すると、ボールはどれも床《ゆか》の決《き》まった場所《ばしょ》に向《む》かってナナメに飛《と》んでいる。

そして、床《ゆか》に描《か》かれた黒《くろ》い5本《ほん》ずつの線《せん》。

べつにコースが決《き》まってるわけでもないのに、わざわざ線《せん》が描《か》いてある理由《りゆう》。5本《ほん》の意味《いみ》。

流《なが》れる音楽《おんがく》。ボールのリズムにあわせて踊《おど》りながら走《はし》る参加者《さんかしゃ》がいたこと。

「……パズルのピースはそろってる」

一虎《かずとら》の言葉《ことば》を口《くち》にしながら、僕《ぼく》は頭《あたま》の中《なか》でそのひとつひとつをつなげていく。

「見《み》てきたもの。聞《き》いてきたもの。すべてをそろえて答《こた》えをみちびきだすんだ！」

そして、マスク男《おとこ》の言葉《ことば》が頭《あたま》の中《なか》をよぎる。


――――では、みなさんの分析力《ぶんせきりょく》に期待《きたい》して第《だい》1次《じ》試験《しけん》スタート！


「……そういうことか」

僕《ぼく》はある答《こた》えにたどりついて、顔《かお》を上《あ》げた。

試験開始時《しけんかいしじ》から流《なが》れているこの【ドレミのうた】を僕《ぼく》は5年生《ねんせい》の時《とき》に合奏《がっそう》したことがある。

そして、床《ゆか》に引《ひ》かれた5本《ほん》ずつの黒《くろ》い線《せん》。ボールがぶつかる場所《ばしょ》。

ところどころにある安全地帯《あんぜんちたい》。マスク男《おとこ》が「分析力《ぶんせきりょく》に期待《きたい》」と言《い》っていたこと。

それらが示《しめ》すもの――――それは。

「この床《ゆか》の黒《くろ》い線《せん》は五線譜《ごせんふ》……つまり床《ゆか》は楽譜《がくふ》になってるんだ！　そして、そこに打《う》ちつけられているカラーボールは音符《おんぷ》。安全地帯《あんぜんちたい》は音《おと》がない場所《ばしょ》……つまり休符《きゅうふ》の場所《ばしょ》」

この床全体《ゆかぜんたい》に、今流《いまなが》れている【ドレミのうた】の楽譜《がくふ》が描《か》かれているんだ！

僕《ぼく》がそう言《い》うと、あかねは「ウソでしょ!?」とカラーボールを見《み》る。

「ドーレミード、ミードーミー……ほんとだ。ほんとに【ドレミのうた】だ！」

音符《おんぷ》を口《くち》ずさみながらカラーボールを指《ゆび》で追《お》っていたあかねが、おどろいた顔《かお》で笑《わら》う。

そう理解出来《りかいでき》たら、この床《ゆか》がどんどん見覚《みおぼ》えのある楽譜《がくふ》に見《み》えてくる。

ずいぶんと練習《れんしゅう》した曲《きょく》だからすぐに思《おも》い出《だ》せた。

「右《みぎ》からド、レ、ミが来《き》て、左《ひだり》からドとミ……右《みぎ》からドとミ……」

目《め》の前《まえ》で演奏《えんそう》されるカラーボールの音階《おんかい》をジッと見《み》つめる。

集中《しゅうちゅう》して……集中《しゅうちゅう》して、左右《さゆう》の壁《かべ》からふりそそぐ音階《おんかい》を記憶《きおく》していった。

そして、僕《ぼく》はバン！　と床《ゆか》をたたいてこぶしをにぎる。

「見《み》つけた……このルートなら、トビラまでたどりつける！」

なんとかボールの発射角度《はっしゃかくど》やタイミングを特定《とくてい》して、トビラまでのルートをみちびきだした。

「残《のこ》り時間《じかん》あと2分《ふん》となりました！　残《のこ》るトビラは、あと5つ！」

楽《たの》しそうに実況《じっきょう》するマスク男《おとこ》の声《こえ》が響《ひび》く中《なか》、僕《ぼく》は急《いそ》いで立《た》ち上《あ》がる。

「あかね！　今《いま》から僕《ぼく》が指示《しじ》したタイミングで、言《い》う通《とお》りの方向《ほうこう》へ進《すす》んでくれ！」

「オッケー！　行《い》こう！」

僕《ぼく》が差《さ》し出《だ》した手《て》をつかんで、あかねも立《た》ち上《あ》がる。

そして、そのまま一気《いっき》に走《はし》りだした。

僕《ぼく》らより先《さき》に進《すす》んでいる人《ひと》はおよそ20人《にん》。

間《ま》に合《あ》うか？　いや、間《ま》に合《あ》わせるんだ！

「つぎ！　右《みぎ》から赤《あか》いボールが3つミ、レ、ラの順《じゅん》で来《く》るから、かわしてあそこまで走《はし》るよ！」

ふりむかずに、僕《ぼく》はつぎの安全地帯《あんぜんちたい》を指《ゆび》さす。

後《うし》ろから「わかった！」と声《こえ》が聞《き》こえて、僕《ぼく》らは3つの赤《あか》いボールをかわした。

答《こた》えに気《き》づければ、確《たし》かにこれは体力《たいりょく》よりも分析力《ぶんせきりょく》が大切《たいせつ》な試験《しけん》だと理解《りかい》できる。

けど、こんな極限状況《きょくげんじょうきょう》ではたして何人《なんにん》がそれに気《き》づけたか……。

まさか自分《じぶん》が気《き》づけるなんて思《おも》わなかったけど。

こうして答《こた》えにたどりつけたのは、まぎれもなく一虎《かずとら》とあかねのおかげだった。

「つぎ！　右《みぎ》と左《ひだり》からファとレに来《く》るよ！　そのあと左後《ひだりうし》ろななめから追《お》い打《う》ちでドだ！」

自分《じぶん》たちのいる位置《いち》を常《つね》に把握《はあく》して、あかねに指示《しじ》を出《だ》す。

残《のこ》りのトビラはふたつ。間《ま》に合《あ》え……間《ま》に合《あ》え、間《ま》に合《あ》え！

必死《ひっし》に走《はし》ってトビラを目指《めざ》す。

その時《とき》だった。

「――――行《い》かせねえ！」

トビラの約《やく》5メートル手前《てまえ》で僕《ぼく》は何者《なにもの》かに体《たい》当《あ》たりされて、派手《はで》に転《ころ》んでしまう。

「リョウ⁉」

ふりむくあかねに僕《ぼく》は首《くび》を横《よこ》にふった。

「いいから！　あかねは指示通《しじどお》りに先《さき》に進《すす》んで！」

必《かなら》ず追《お》いつく！　と僕《ぼく》がさけぶと、あかねは少《すこ》し迷《まよ》った後《あと》でまた走《はし》りだす。

そうだ、それでいい……僕《ぼく》らはもうトビラまでの行《い》き方《かた》を理解《りかい》している。

必《かなら》ず僕《ぼく》もたどりつける！

僕《ぼく》は床《ゆか》にたおれこんだまま、上《うえ》に乗《の》っかっている男子《だんし》を見《み》あげた。

僕《ぼく》を転《ころ》ばせたのは、プロジェクトの真実《しんじつ》が明《あ》かされた時《とき》に真《ま》っ先《さき》に辞退《じたい》を申《もう》し出《で》ていた男子《だんし》だった。

「なんなんだよこれ……こんなん聞《き》いてねえよ。ちくしょう。やってやる。俺《おれ》はぜったい生《い》き残《のこ》って思《おも》い通《どお》りの人生《じんせい》を選《えら》んでやるんだ！」

ほとんどパニック状態《じょうたい》のような彼《かれ》はくやしそうに叫《さけ》び、僕《ぼく》は天井《てんじょう》の電光掲示板《でんこうけいじばん》を確認《かくにん》する。

その時《とき》、マスク男《おとこ》が高《たか》らかに宣言《せんげん》した。

「残《のこ》るトビラは、あとひとつです！」

そこからはまるでスローモーションのようだった。

僕《ぼく》の上《うえ》から立《た》ち上《あ》がり、最後《さいご》のトビラに走《はし》り出《だ》す男子《だんし》。

床《ゆか》に倒《たお》れながら、僕《ぼく》はトビラが残《のこ》りひとつになっていたことで、あかねがちゃんと通過《つうか》できたことを確信《かくしん》する。

残《のこ》りのひとつのトビラに向《む》けて、ほかのみんなも走《はし》っていく。

僕《ぼく》も……無意識《むいしき》のうちに走《はし》り出《だ》していた。

ほとんど感覚《かんかく》だけで、体《からだ》が動《うご》く。うしろから、横《よこ》から、ななめから来《く》るボールを避《よ》けて。

まっすぐトビラに向《む》かっていく最短距離《さいたんきょり》じゃないけど。

確実《かくじつ》にたどりつく最善《さいぜん》の道《みち》を走《はし》っていたのは、この中《なか》で僕《ぼく》だけだった。

そして僕《ぼく》はなんとか一番先《いちばんさき》を走《はし》っていた人《ひと》の横《よこ》に並《なら》び、目《め》の前《まえ》のトビラに手《て》を伸《の》ばす。

——とどけ！

思《おも》いっきり伸《の》ばした僕《ぼく》の手《て》は、ほんの数《すう》センチの差《さ》で先《さき》に取《と》っ手《て》をつかむ。

横《よこ》を走《はし》っていた人《ひと》はあせってバランスを崩《くず》し、転《ころ》んでしまった。

トビラをひらくと、その奥《おく》にまた空間《くうかん》が広《ひろ》がっているのがわかった。

トビラの奥《おく》に足《あし》を踏《ふ》み入《い》れて、ゆっくりと閉《と》じていく。

無意識《むいしき》に振《ふ》り向《む》くと、転《ころ》んだ男子《だんし》と目《め》が合《あ》った。

……ベチャ。

彼《かれ》の背中《せなか》にボールが当《あ》たって、真《ま》っ赤《か》なインクが広《ひろ》がる。

彼《かれ》は転《ころ》んだまま、まっすぐ僕《ぼく》を見《み》あげていた。

絶望《ぜつぼう》した顔《かお》で、僕《ぼく》に口《くち》をひらく。

「……なんで？」

――バタン。

トビラをしめたとたんに、トビラの向《む》こう側《がわ》でおおぜいの悲鳴《ひめい》が一瞬《いっしゅん》だけ響《ひび》いた。

6 僕《ぼく》らはみんな、あまり者《もの》？

壁《かべ》1枚《まい》へだてた先《さき》でフロアの床《ゆか》がすべて開《ひら》き、そしてゆっくりと閉《と》じる音《おと》を聞《き》く。

僕《ぼく》はトビラに背《せ》をあずけたまま、その場《ば》に座《すわ》り込《こ》んでくちびるをかみしめた。

自分《じぶん》が生《い》き残《のこ》ることで、知《し》らない誰《だれ》かの人生《じんせい》が奪《うば》われる。

呪験《じゅけん》はそういうふうにできている。

第《だい》1次試験最後《じしけんさいご》の通過者《つうかしゃ》は僕《ぼく》。

ということは、現時点《げんじてん》で生《い》き残《のこ》った者《もの》の中《なか》でビリの成績《せいせき》ということだ。

はたして、こんな調子《ちょうし》で僕《ぼく》は最後《さいご》のひとりまで生《い》き残《のこ》ることができるのだろうか……。

つぎの試験《しけん》も生《い》きて通過《つうか》できるのだろうか。

なんて考《かんが》えていたら、薄暗《うすぐら》かった部屋《へや》が一気《いっき》にライトアップされる。

またもや広《ひろ》い空間《くうかん》、そして中央《ちゅうおう》にあのマスク男《おとこ》が現《あらわ》れた。

「はい！　これにて第《だい》1次試験《じしけん》を終了《しゅうりょう》といたします！　通過者《つうかしゃ》はぴったり40名《めい》！　みなさんは優《ゆう》

秀《しゅう》ですよ！　ぜひ誇《ほこ》ってください！　胸《むね》を張《は》ってください！」

——他人《たにん》を蹴落《けお》として手《て》に入《い》れた勝利《しょうり》の味《あじ》に酔《よ》いしれてください！


マスク男《おとこ》は、意地《いじ》が悪《わる》い言《い》い方《かた》で僕《ぼく》らを褒《ほ》めたたえてくる。

褒《ほ》められているのにまったく気分《きぶん》が浮《う》かないのは、初《はじ》めてかもしれない。

ため息《いき》をつきながら歩《ある》いていると、僕《ぼく》を見《み》つけたあかねがホッとした顔《かお》で駆《か》け寄《よ》ってくる。

「リョウ……良《よ》かった。やっぱり通過《つうか》してた」

あかねから何度《なんど》かお礼《れい》を言《い》われると、今度《こんど》は遠《とお》くから男子《だんし》ふたりが駆《か》け寄《よ》ってきた。

「そっちも通過《つうか》してたか……まったく、ひどい試験《しけん》だったな」

汗《あせ》をぬぐう秋歩《あきほ》のとなりで奈央《なお》がうなずく。

どうやらふたりも第《だい》1次試験《じしけん》を無事《ぶじ》に通過《つうか》していたようだ。

「ほんと……床《ゆか》の線《せん》が曲《きょく》の楽譜《がくふ》になっているって気《き》づけなかったら、どうなってたか……」

奈央《なお》が体《からだ》をブルッとふるわせると秋歩《あきほ》があたりを見回《みまわ》す。

「そういえば、一虎《かずとら》のすがたが見《み》えないんだけど？」

一緒《いっしょ》にいたよね？　と聞《き》かれて、僕《ぼく》はうつむきかげんに首《くび》を振《ふ》った。

「一虎《かずとら》は……もういない」

その一言《ひとこと》で、ふたりはすべてを察《さっ》して言葉《ことば》を失《うしな》う。

あかねも何《なに》も言《い》えず、僕《ぼく》らはその場《ば》で立《た》ちつくしていた。

すると近《ちか》くで誰《だれ》かのバカにしたような笑《わら》い声《ごえ》が聞《き》こえてくる。

「はっはっは！　ザコくんまさか通過《つうか》してたの⁉　奇跡《きせき》じゃん！　めっちゃ笑《わら》えるな！」

ザコくんという言葉《ことば》にハッとしてふりむき、僕《ぼく》は反射的《はんしゃてき》に全身《ぜんしん》に力《ちから》が入《はい》ってしまった。

「神崎《かんざき》……お前《まえ》！」

そこにいたのは、僕《ぼく》らのじゃまをして一虎《かずとら》を脱落《だつらく》させた神崎氷河《かんざきひょうが》だった。

気《き》づけば僕《ぼく》は神崎《かんざき》に向《む》かって走《はし》り出《だ》していた。

「ちょっと、リョウ！　よしなって！」

あかねにうしろから腕《うで》を引《ひ》っ張《ぱ》られても僕《ぼく》は止《と》まらない。

「お前《まえ》のせいで……お前《まえ》のせいで一虎《かずとら》は！」

僕《ぼく》は怒《いか》りにふるえながら、神崎《かんざき》に詰《つ》め寄《よ》った。

「やばい！　ちょっとふたりとも！　ぼーっとしてないでリョウを止《と》めて！」

あかねに言《い》われて、ふたりはあわてて僕《ぼく》を止《と》めに入《はい》る。

さすがに3人《にん》につかまれてしまうと僕《ぼく》はそこから前《まえ》には進《すす》めず、数《すう》メートル先《さき》で笑《わら》っている神《かん》崎《ざき》をにらみつけることしかできなかった。

「ははは！　力《ちから》じゃ俺《おれ》にかなわないってもう忘《わす》れたのか？」

「だからなんだ！　そんなの、お前《まえ》を見過《みす》ごす理由《りゆう》にならないだろ！」

僕《ぼく》の言葉《ことば》を、神崎《かんざき》は鼻《はな》で笑《わら》い飛《と》ばす。

「まったくさー。いつまで消《き》えたやつのことなんか気《き》にしてんだよ。あいつもお前《まえ》もどうせ脱落《だつらく》すんだから、いーじゃん、べつに」

神崎《かんざき》の言葉《ことば》に、僕《ぼく》の頭《あたま》が今《いま》までにないくらいカッと熱《あつ》くなる。

「お前《まえ》、どこまで人《ひと》をバカにすれば……！」

「もういいって。お前《まえ》がめんどくせえやつってことはわかったから。でも、どうせ次《つぎ》の試験《しけん》で消《き》えるんだからもうやめてくんねえ？　こっちもヒマじゃねえんだ」

じゃあな。とバカにしたような笑《え》みを浮《う》かべながら神崎《かんざき》は去《さ》っていく。

まわりの人《ひと》たちは何《なに》が何《なん》だかわからない様子《ようす》で、僕《ぼく》たちのことをうかがっているだけだった。

「少《すこ》し落《お》ち着《つ》きなって。ここであいつにつっかかったところで何《なに》か変《か》わる？」

何《なに》も変《か》わらないでしょ？　とあかねに言《い》われて僕《ぼく》は我《われ》に返《かえ》り、ゆっくりと深呼吸《しんこきゅう》する。

そうだ、落《お》ち着《つ》け。今《いま》、僕《ぼく》が神崎《かんざき》に何《なに》をしたってひとつも意味《いみ》がない。

一虎《かずとら》は何《なに》をしても帰《かえ》っては来《こ》ないし、神崎《かんざき》との争《あらそ》いが原因《げんいん》で試験失格扱《しけんしっかくあつか》いになったらそれこそ元《もと》も子《こ》もないじゃないか。

頭《あたま》を冷《ひ》やして体《からだ》の力《ちから》を抜《ぬ》きながら、僕《ぼく》は３人《にん》に「ごめん」と謝《あやま》った。

「もう大丈夫《だいじょうぶ》。ついカッとなっちゃっただけだから」

申《もう》し訳《わけ》なく思《おも》いながら言《い》うと、奈央《なお》が首《くび》をブンブンと横《よこ》に振《ふ》る。

秋歩《あきほ》も何《なに》かを察《さっ》したようで、「あいつが原因《げんいん》だったんだな」とつぶやいた。

すると、マスク男《おとこ》が「ようやく準備《じゅんび》がととのいました！」としゃべりだす。

「それでは、第《だい》２次試験《じしけん》の説明《せつめい》の前《まえ》にあちらをごらんください！」

マスク男《おとこ》が手《て》のひらをむけた先《さき》で、大《おお》きな壁《かべ》がゆっくりと左右《さゆう》に開《ひら》いていく。

ゴゴゴゴと重《おも》い音《おと》がひびく中《なか》、その向《む》こう側《がわ》に現《あらわ》れたのは……。

「学校《がっこう》？」

奈央《なお》のつぶやきに僕《ぼく》らは思《おも》わず目《め》を合《あ》わす。

……壁《かべ》の向《む》こうには、３階建《がいだ》ての大《おお》きな校舎《こうしゃ》がそびえたっていた。

「どんだけだよ、DPC社《ディーピーシーしゃ》」

秋歩《あきほ》があきれたように言《い》うと、マスク男《おとこ》は僕《ぼく》らに校舎前《こうしゃまえ》まで進《すす》むよう指示《しじ》をする。

うながされるまま歩《ある》いてあらためて目《め》の前《まえ》にすると、どこからどう見《み》ても普通《ふつう》の小学校《しょうがっこう》の校舎《こうしゃ》が室内《しつない》に建《た》っているという違和感《いわかん》がすごかった。

いったい、このビルの地下《ちか》はどれだけ広《ひろ》いんだろうか。

朝礼台《ちょうれいだい》の上《うえ》に立《た》ったマスク男《おとこ》が高《たか》らかに宣言《せんげん》する。

「それでは第《だい》2次《じ》試験《しけん》の内容《ないよう》をご説明《せつめい》します！　今回《こんかい》はみなさんのヒラメキと協調性《きょうちょうせい》に期待《きたい》！」

その声《こえ》と同時《どうじ》に、校舎《こうしゃ》の屋上《おくじょう》から垂《た》れ幕《まく》が下《お》ろされる。

「みなさんに第《だい》2次《じ》試験《しけん》でやっていただくのは【問題《もんだい》をさがせ！】です！　この校舎内《こうしゃない》のいたるところに問題用紙《もんだいようし》が隠《かく》されているので、それを見《み》つけて私《わたし》のもとまで持《も》ってきてください！」

言《い》いながらマスク男《おとこ》は校舎《こうしゃ》の1階《かい》を指《ゆび》さした。

「私《わたし》はあそこの校長室《こうちょうしつ》にいます。そこで持《も》ってきていただいた問題《もんだい》を読《よ》み上《あ》げますので、みなさんはそれに解答《かいとう》する。ただ、それだけのとてもシンプルなルールです」

第《だい》2次試験《じしけん》【問題《もんだい》をさがせ！】

・問題用紙《もんだいようし》1枚《まい》につき、問題《もんだい》は1問《もん》。難易度《なんいど》は初級《しょきゅう》、中級《ちゅうきゅう》、上級《じょうきゅう》の3レベルにわかれている。
・問題《もんだい》ごとに30秒以内《びょういない》に解答《かいとう》しなければならない。
・3問正解《もんせいかい》すると合格《ごうかく》。ただし、1問《もん》でも間違《まちが》えたらその時点《じてん》で脱落《だつらく》とする。
・試験《しけん》の制限時間《せいげんじかん》は30分《ぷん》。5チームの合格《ごうかく》が決《き》まれば、その時点《じてん》で試験終了《しけんしゅうりょう》。

「……5チームの合格《ごうかく》が決《き》まった時点《じてん》で試験終了《しけんしゅうりょう》？」

ってことは、この第《だい》2次試験《じしけん》はチーム戦《せん》になるのか？

僕《ぼく》の疑問《ぎもん》をよそに、マスク男《おとこ》は話《はなし》を続《つづ》ける。

「この試験《しけん》は制限時間内《せいげんじかんない》に3問正解《もんせいかい》できなければ脱落《だつらく》ですし、勝《か》ち抜《ぬ》けの5チームが決《き》まれば残《のこ》りのチームはその時点《じてん》で脱落《だつらく》！　1問《もん》でも間違《まちが》えたら脱落《だつらく》の大《だい》・脱落祭《だつらくまつ》りとなります！」

楽《たの》しみですねえ！　とマスク男《おとこ》はクルリと回《まわ》り、こちらへ両手《りょうて》を広《ひろ》げた。

――では、1分差《ぷんさ》し上《あ》げますのでみなさん4人《にん》チームを組《く》んでください！

……っ⁉

ルール説明《せつめい》を聞《き》いていた流《なが》れで、いきなりチーム決《ぎ》めが始《はじ》まる。

しかも制限時間《せいげんじかん》は1分《ぷん》。

とつぜんの指示《しじ》に、まわりのみんなもあわてるかと思《おも》っていたけど。

「はい！　俺《おれ》！　全国模試《ぜんこくもし》20位《い》！　勉強《べんきょう》はまかせろ！　雑学《ざつがく》とか得意《とくい》なやつ組《く》もうぜ！」

「私《わたし》！　めっちゃクイズ得意《とくい》！　歴史系《れきしけい》だけ苦手《にがて》だからそっち得意《とくい》な人《ひと》と組《く》みたい！」

ほかのみんなは「待《ま》ってました！」と言《い》わんばかりにみずから行動《こうどう》していた。

知力《ちりょく》に自信《じしん》のある人《ひと》から行動《こうどう》に移《うつ》し、どんどんチームが決《き》まっていく。

僕《ぼく》らは……。

「あ、あの！　私《わたし》と！」

空気《くうき》にのまれていたあかねが、ハッとして手《て》を挙《あ》げたところで。

「――はい。1分《ぷん》です。組《く》めなかった人《ひと》は、ちょうど4人《にん》ですね。じゃあそこで1チームで」

マスク男《おとこ》はクスクス笑《わら》いながら僕《ぼく》らを指差《ゆびさ》す。

まわりの参加者《さんかしゃ》も僕《ぼく》らを見《み》てあわれんだり、笑《わら》ったりしていた。

僕《ぼく》は塾《じゅく》では普通《ふつう》クラス……正直《しょうじき》、勉強《べんきょう》に自信《じしん》があるほうではない。

開始早々《かいしそうそう》に自分《じぶん》から言《い》い出《だ》そうとしなかった奈央《なお》やあかね、秋歩《あきほ》もきっとそうだろう。

つまり僕《ぼく》らは……。


「あまり者《もの》どうしのチームは、ここでお別《わか》れかもしれませんねえ」


マスク男《おとこ》がうれしそうに言《い》った。

第《だい》2次試験《じしけん》は、まさかのチーム戦《せん》でのクイズ勝負《しょうぶ》。

まわりは、頭《あたま》のいい人《ひと》やクイズが得意《とくい》な人《ひと》たちどうしでチームを組《く》んでいる。

出遅《でおく》れた僕《ぼく》らはクイズに自信《じしん》がない、あまり者《もの》の寄《よ》せ集《あつ》め。つまり……。

「この試験《しけん》……ヤバいかも」

僕《ぼく》は目《め》の前《まえ》にそびえたつ校舎《こうしゃ》を見上《みあ》げて、ゴクリとつばをのみこんだ。

「これ、僕《ぼく》たち勝《か》てなくない……？」

ふるえる声《こえ》で聞《き》いてくる奈央《なお》の言葉《ことば》に、みんなが絶望《ぜつぼう》した顔《かお》を見合《みあ》わせる。


――そうして最悪《さいあく》な状況《じょうきょう》の中《なか》、第《だい》2次試験《じしけん》が始《はじ》まった。

7・問題用紙《もんだいようし》をさがせ！

「探《さが》せ探《さが》せ！　とにかく隠《かく》してありそうな場所《ばしょ》は全部《ぜんぶ》見《み》るんだ！」

秋歩《あきほ》があせりながら叫《さけ》び、僕《ぼく》もあかねも奈央《なお》も必死《ひっし》に校舎内《こうしゃない》を駆《か》け回《まわ》る。

試験開始《しけんかいし》から5分《ふん》。

僕《ぼく》の悪《わる》い予感《よかん》は的中《てきちゅう》していた。

「はい！　さっそく最初《さいしょ》の合格《ごうかく》チームが現《あらわ》れました！　いや〜神崎氷河《かんざきひょうが》くん全問正解《ぜんもんせいかい》！　しかも解答時間《かいとうじかん》はすべて10秒以内《びょういない》！　これはチームメンバーも運《うん》が良《よ》かったと思《おも》っているでしょう！」

彼《かれ》は頭《あたま》一つどころか三つ抜《ぬ》けてますねえ！　とマスク男《おとこ》が校内放送《こうないほうそう》で褒《ほ》めたたえる。

「ウソでしょ!?　こっちはまだ問題用紙《もんだいようし》すら見《み》つけられてないのに！」

あかねがおどろきのあまり声《こえ》をあげるが、スピーカーは無反応《むはんのう》だった。

そう。すでに他《ほか》のチームは最低《さいてい》でも1問《もん》は正解《せいかい》しているというのに。

……僕《ぼく》らだけ、いまだに問題用紙《もんだいようし》すら見《み》つけられていなかった。

「あせるな……必《かなら》ずあるはずなんだ……あせって見落《みお》としたら元《もと》も子《こ》もない」

自分《じぶん》に言《い》い聞《き》かすように、口《くち》にする。

校舎内《こうしゃない》はまるで昨日《きのう》まで本当《ほんとう》に使《つか》われていたんじゃないかってくらいリアルで、机《つくえ》の中《なか》に忘《わす》れ物《もの》があったり、黒板《こくばん》の消《け》し忘《わす》れなんかもあった。

僕《ぼく》らの通《かよ》う小学校《しょうがっこう》とそんなに変《か》わらないからこそ、問題用紙《もんだいようし》の隠《かく》し場所《ばしょ》もなんとなく予想《よそう》できたんだけど、それでも見《み》つからない。

「ここならまだ誰《だれ》も探《さが》しに来《き》てないんじゃないかと思《おも》ったけど、マジでみんなどこで問題用紙《もんだいようし》を見《み》つけてんだ……？　なんかコツとかあるのかな」

この教室《きょうしつ》へ行《い》こうと提案《ていあん》した秋歩《あきほ》が、ため息《いき》まじりに言《い》う。

こうしているあいだにも、今度《こんど》は他《ほか》のチームが問題《もんだい》を間違《まちが》えてしまったことを、マスク男《おとこ》がアナウンスで告《つ》げた。

「はい！　1チーム脱落《だつらく》です！　上級《じょうきゅう》レベルの問題《もんだい》はやはり難《むずか》しいようですねえ！」

楽《たの》しそうに言《い》ってくるマスク男《おとこ》の言葉《ことば》を聞《き》きながら、僕《ぼく》らはとにかく手《て》を動《うご》かし続《つづ》ける。

すると、秋歩《あきほ》がいきなりゴミ箱《ばこ》をひっくり返《かえ》して、ゴミを素手《すで》であさりはじめた。

「ねえ、秋歩《あきほ》！　ズボンがめっちゃ汚《よご》れてるよ……」

奈央《なお》が気《き》づかって言《い》うと、秋歩《あきほ》は「ん？」と地面《じめん》についたひざを見《み》る。

ゴミのせいで汚《よご》れてしまったそこを見《み》て、秋歩《あきほ》は「こんなのどうってことない！」と笑《わら》った。

「汚《よご》れなんていいんだ！　それよりも誰《だれ》も探《さが》さないような汚《きたな》いところのほうが、問題用紙《もんだいようし》が残《のこ》ってる気《き》がしないか？　なんかチャンスが眠《ねむ》ってる気《き》がするんだよ」

たとえば、ここと かさ。と秋歩《あきほ》は、ほこりがたまった棚《たな》の隙間《すきま》に迷《まよ》いなく細《ほそ》い腕《うで》を入《い》れる。

ほこりにまみれた腕《うで》を抜《ぬ》くと、秋歩《あきほ》は「ここにもないか……」とつぶやいた。

その様子《ようす》を見《み》て、僕《ぼく》らもふたたび気合《きあ》いが入《はい》る。

たしかに、秋歩《あきほ》の言《い》うとおりだ。

誰《だれ》でも手《て》をつけたくないところにこそ、チャンスがあるのかもしれない。

隠《かく》しそうなところじゃなくて、そういうところを優先的《ゆうせんてき》に探《さが》せばきっと……。

「みんな！　ぜったい問題用紙《もんだいようし》を見《み》つけるぞ！」

僕《ぼく》の声《こえ》に、３人《にん》が「おう！」と気合《きあ》いの声《こえ》をそろえた——。

そのままあきらめずに同《おな》じ教室《きょうしつ》を探《さが》し続《つづ》けていると、やがて秋歩《あきほ》が喜《よろこ》びの声《こえ》を上《あ》げる。

「――――見《み》つけたああああ！」

その声《こえ》にふりむくと、汚《よご》れた秋歩《あきほ》の手《て》には折《お》りたたまれた1枚《まい》の白《しろ》い紙《かみ》があった。

その瞬間《しゅんかん》、僕《ぼく》らは言葉《ことば》をかわすことなく急《いそ》いで教室《きょうしつ》を飛《と》び出《だ》す。

目指《めざ》すは校長室《こうちょうしつ》。

自分《じぶん》の通《かよ》う学校《がっこう》だったら一発《いっぱつ》で怒《おこ》られるくらいの全速力《ぜんそくりょく》で廊下《ろうか》を走《はし》った。

ようやく1問目《もんめ》。だけど、秋歩《あきほ》が見《み》つけてくれた大事《だいじ》な一歩《いっぽ》だ。

大丈夫《だいじょうぶ》、まだまだここからだ。まだ勝《か》てる

……勝《か》てる……勝《か》つんだ！

見《み》つかった喜《よろこ》びでつい浮《う》かれそうになる心《こころ》を

深呼吸《しんこきゅう》でしずめた。

気《き》を引《ひ》きしめて校長室《こうちょうしつ》のトビラを開《あ》けると、マスク男《おとこ》は「ようやく来《き》たね」と手《て》を差《さ》し出《だ》した。

「これ、お願《ねが》いします！」

秋歩《あきほ》が問題用紙《もんだいようし》を手渡《てわた》すと、マスク男《おとこ》はそれを開《ひら》いて小《ちい》さくうなずく。

そして、僕《ぼく》らとの間《あいだ》にあるテーブルに紙《かみ》を広《ひろ》げて問題《もんだい》を読《よ》みあげた。

文字替《もじが》えクイズ　［レベル：初級《しょきゅう》］

【問題《もんだい》】

「きたみのためがたいはかたなう！」

この文章《ぶんしょう》に隠《かく》された本当《ほんとう》のメッセージを見《み》つけよう。

「解答時間《かいとうじかん》は30秒《びょう》！　よーい、はじめ！」

マスク男《おとこ》は、広《ひろ》げた問題用紙《もんだいようし》の横《よこ》にタイマーをセットする。

なんだろう、この問題《もんだい》……何《なに》かが引《ひ》っかかる。

ジッと、問題用紙《もんだいようし》を見《み》ていると秋歩《あきほ》が「はい！」と手《て》を挙《あ》げた。

「このタヌキ！　**た抜《ぬ》き**って意味《いみ》じゃないか？　つまり文章《ぶんしょう》から『た』を抜《ぬ》けばいいんだよ！　ってことは『きみのめがいはかなう』だから……**ん？　めがいってなんだ？**」

秋歩《あきほ》は発言《はつげん》しながら首《くび》をかしげる。残《のこ》り時間《じかん》はあと20秒《びょう》を切《き》った。

解答時間《かいとうじかん》30秒《びょう》は思《おも》ったよりもすごく短《みじか》い。

あせったあかねは「めがいって言葉《ことば》があるんじゃないの？　誰《だれ》か知《し》らないの？」と聞《き》いてくるけど、みんな首《くび》を横《よこ》にふった。

僕《ぼく》の顔《かお》からポタリと汗《あせ》がしたたり落《お》ちていく。残《のこ》り時間《じかん》は15秒《びょう》を切《き》った。

「そんな言葉《ことば》聞《き》いたこともない……きっと、それだけじゃダメなんだ。たを抜《ぬ》くだけじゃ正解《せいかい》じゃない……なんだ？　なにが隠《かく》されてる？」

メガネをかけたタヌキのイラストをジッとにらみ、僕《ぼく》は口元《くちもと》へ手《て》を持《も》っていく。

……どうしてこのタヌキはメガネをかけてるんだろう。

残《のこ》り10秒《びょう》。奈央《なお》が頭《あたま》をかかえてさけびだす。

「ダメだ！　時間《じかん》がないよ！　もうそれで答《こた》えるしかない！」

「だからそれじゃ正解《せいかい》じゃないんだって！　間違《まちが》えたら人生終《じんせいお》わりなんだよ!?」

あかねは大《おお》きく首《くび》を横《よこ》に振《ふ》って奈央《なお》をしかる。

残《のこ》り5秒《びょう》。秋歩《あきほ》があせった顔《かお》でこっちをふりむいた。

「リョウもさっきからだまってないで、なにか意見《いけん》してくれよ！　時間《じかん》がもうないんだ！」
4、3……。それでも集中《しゅうちゅう》して考《かんが》えている僕《ぼく》を見《み》て、秋歩《あきほ》が舌打《したう》ちをしながら顔《かお》を上《あ》げた。
「ダメだ！　もうこれでいくしかない！」

2……1。

「えっと、答《こた》えは！」

あわてて秋歩《あきほ》が口《くち》を開《ひら》くと、マスク男《おとこ》はニヤリと笑《わら》う。

タヌキ、メガネ……そうか！

僕《ぼく》は口元《くちもと》から手《て》を離《はな》して、秋歩《あきほ》をさえぎるように口《くち》を開《ひら》いた。


「――君《きみ》の願《ねが》いは叶《かな》う！」

「……へ？」

横《よこ》から解答《かいとう》をうばわれた秋歩《あきほ》が、マヌケな声《こえ》を漏《も》らす。

マスク男《おとこ》はニヤリ顔《がお》をやめて、ゼロになったタイマーの音《おと》をそっと止《と》めた。

「正解《せいかい》！　隠《かく》された文章《ぶんしょう》は『きみのねがいはかなう』だ！」

マスク男《おとこ》が拍手《はくしゅ》をしながら言《い》うと、みんながわっと声《こえ》を上《あ》げた。

「え！　なになにどういうこと？　なんで『願《ねが》い』なの⁉」

よろこびながら聞《き》いてくるあかねに僕《ぼく》は「とにかく次《つぎ》の問題《もんだい》だ！」と指示《しじ》する。

みんなで急《いそ》いで校長室《こうちょうしつ》を出《で》て、また問題用紙《もんだいようし》を探《さが》しながら僕《ぼく》はさっきの答《こた》えを説明《せつめい》した。

「タヌキのイラストだよ。秋歩《あきほ》の言《い》う通《とお》り、これは文章《ぶんしょう》から『た』を抜《ぬ》けって意味《いみ》だった。けど、それじゃ文章《ぶんしょう》がまだおかしい。だから僕《ぼく》はもう一度《いちど》あのイラストの意味《いみ》を考《かんが》えたんだ」

そしたら、タヌキはメガネをかけていた。と僕《ぼく》が言《い》うと、秋歩《あきほ》が「そういうことか」と気《き》づく。

「そう。メガネ……つまり、文章《ぶんしょう》の『め』が『ね』に変《か》わるんだ！」

そこまで言《い》うと、あかねもうなずく。

「それで『めがい』が『ねがい』になったのね」

これで、まずは1問《もん》……。とあかねが言《い》うと、マスク男《おとこ》の放送《ほうそう》が流《なが》れる。

「なんと！　立《た》て続《つづ》けに2つのチームが3問目《もんめ》を正解《せいかい》！　見事《みごと》、通過《つうか》を決《き》めました！　なので残《のこ》りの通過枠《つうかわく》は2チームです！　これは思《おも》ったより早《はや》く終《お》わりそうですねえ！」

残《のこ》り時間《じかん》は10分《ぷん》。半分以上《はんぶんいじょう》すぎたところで、僕《ぼく》らはまだ1問正解《もんせいかい》。

マスク男《おとこ》の放送《ほうそう》でさらにあせりをおぼえたところで、またもや秋歩《あきほ》が声《こえ》を上《あ》げた。

「あったぁあああ!!」

なんと秋歩《あきほ》は水道《すいどう》の排水口《はいすいこう》の奥《おく》にまで手《て》を突《つ》っ込《こ》んで、問題用紙《もんだいようし》を見《み》つけ出《だ》した！

とんでもない場所《ばしょ》に手《て》を突《つ》っ込《こ》んだ秋歩《あきほ》の覚悟《かくご》に感心《かんしん》しながら、僕《ぼく》らはまた校長室《こうちょうしつ》に走《はし》った。

「おお、いらっしゃい。けっこう早《はや》いペースで2問目《もんめ》を見《み》つけたねえ。すばらしい」

マスク男《おとこ》は、汗《あせ》だくになって息《いき》を切《き》らしている僕《ぼく》らを見《み》てうれしそうにうなずく。

「でも、なかなか苦戦《くせん》しているようだ。まあ、この試験《しけん》……キミたちは本当《ほんとう》に運《うん》が悪《わる》いみたいだしね。チーム決《ぎ》めは乗《の》り遅《おく》れるし、1問目《もんめ》を見《み》つけるのにも時間《じかん》がかかっているし」

「そういうのはいいから！　早《はや》く問題《もんだい》を！」

あかねがあわてながらテーブルをバンバンとたたくと、マスク男《おとこ》は肩《かた》をすくめながら紙《かみ》を広《ひろ》げて問題《もんだい》を読《よ》みあげ、ニヤリと笑《わら》う。

「やはり、運《うん》が悪《わる》い方向《ほうこう》に行《い》ってるね……次《つぎ》はレベル中級問題《ちゅうきゅうもんだい》だ」

文字《もじ》並《なら》べ替《か》えクイズ　【レベル：中級《ちゅうきゅう》】

【問題《もんだい》】○の中《なか》にあてはまる文字《もじ》を並《なら》べ替《か》えて、お菓子《かし》の名前《なまえ》をみちびきだせ。

テレ○○○

○イン

○ンプカー

○○ドセル

○○ートケーキ

【答《こた》え】○○○○○○○○○

「では、解答《かいとう》スタート」

タイマーがセットされ、制限時間《せいげんじかん》の30秒《びょう》がカウントダウンを始《はじ》める。

「最初《さいしょ》のやつはたぶん英語《えいご》だな。『テレフォン』だから『フォン』が入《はい》るお菓子《かし》か」

僕《ぼく》が言《い》うと、奈央《なお》がつづく。

「そうなると、つぎは『コイン』とかかな？」

その言葉《ことば》にうなずきながら、秋歩《あきほ》が手《て》を挙《あ》げた。

「そして『ダンプカー』に『ランドセル』ときて……」

最後《さいご》にあかねがため息《いき》まじりに口《くち》を開《ひら》く。

「一番左《いちばんひだり》が……『ショートケーキ』ね」

あかねの様子《ようす》が少《すこ》しおかしい気《き》がする……けど、今《いま》は気《き》にしている余裕《よゆう》がなかった。

ここまでで10秒使《びょうつか》ってしまった。やはり解答時間《かいとうじかん》が短《みじか》すぎるのがきびしい。

残《のこ》り20秒《びょう》で言葉《ことば》を並《なら》べ替《か》えて正解《せいかい》をみちびきださなければならない。

僕《ぼく》は集中《しゅうちゅう》してとにかく答《こた》えを考《かんが》える。

「フォン、コ、ダ、ラン、ショ……フ、ォ、ン、コ、ダ、ラ、ン、シ、ョ……」

一文字《もじ》ずつに分解《ぶんかい》して頭《あたま》の中《なか》で並《なら》べていくけど、なかなかうまくつながらない。

「ダメだ……僕《ぼく》の知《し》ってるお菓子《かし》の名前《なまえ》じゃないみたいだ」

ふーっと天井《てんじょう》に向《む》かって息《いき》を吐《は》く。残《のこ》り15秒《びょう》。時間《じかん》がない。

「誰《だれ》かわからないか!?　あかねは!?」

パティシエを目指《めざ》している彼女《かのじょ》なら……とふりむいたけど、あかねはうつむいて黙《だま》っていた。

ウソだろ……？　まずい。あかねがわからないなんて！

僕《ぼく》はもう一度《いちど》口元《くちもと》を手《て》でおおって、考《かんが》える。すると、マスク男《おとこ》が楽《たの》しそうに口《くち》を開《ひら》いた。

「ちなみに中級《ちゅうきゅう》レベルの問題《もんだい》に挑《いど》んだチームのおよそ半分《はんぶん》が不正解《ふせいかい》で脱落《だつらく》しています。これは、キミたちには難《むずか》しいかもしれませんねえ。残念《ざんねん》です。ここでお別《わか》れだなんて」

残《のこ》り10秒《びょう》。このままじゃマスク男《おとこ》の言《い》う通《とお》り、本当《ほんとう》にここでさよならになってしまう。

見《み》つけろ、見《み》つけろ、見《み》つけろ！

見《み》つからなきゃ、ここで人生《じんせい》おしまいだぞ！

僕《ぼく》らはとにかく必死《ひっし》に考《かんが》え続《つづ》ける。

でも時間《じかん》が足《た》りない……!!

「はいは～い。残《のこ》り、5秒《びょう》……4、3、2」

マスク男《おとこ》は悩《なや》みつづけている僕《ぼく》らを見《み》て、楽《たの》しそうにカウントダウンしてくる。

……ダメだ。答《こた》えの9文字《もじ》がまるで思《おも》い浮《う》かばない。

「1……」

マスク男《おとこ》がタイマーに手《て》をのばしかけたその時《とき》、あかねがスッと顔《かお》を上《あ》げる。


「――フォンダンショコラ」


その言葉《ことば》のあとに、タイマーがゼロになったことを知《し》らせる音《おと》を鳴《な》り響《ひび》かせた。

マスク男《おとこ》が無言《むごん》でタイマーの音《おと》を止《と》める中《なか》、あかねは続《つづ》ける。

「答《こた》えはフォンダンショコラ。みんな知《し》らない？　バレンタインとかで作《つく》ったりする子《こ》もいるんじゃないかな。チョコレートのお菓子《かし》」

言《い》われてもあまりピンと来《こ》ない僕《ぼく》らに、あかねは肩《かた》をすくめた。

そして、まっすぐマスク男《おとこ》に向《む》く。タイマーはすでに止《と》められている……けど。

「間《ま》に合《あ》ってたでしょ？　タイマーが鳴《な》る前《まえ》にちゃんと答《こた》えた。フォンダンショコラってね」

迷《まよ》いなく言《い》うあかねに、マスク男《おとこ》は小《ち》さくうなずく。

「その通《とお》りだ。ギリギリセーフ。見事《みごと》だったよ、これでキミたちはリーチだ」

2問目《もんめ》の正解《せいかい》を言《い》い渡《わた》され、僕《ぼく》と秋歩《あきほ》と奈央《なお》はよろこびのハイタッチを交《か》わした。

でも、あかねはどこか悲《かな》しそうな顔《かお》で「お母《かあ》さん……」とつぶやくだけだった。

その様子《ようす》がなんだかすごく気《き》になった。

心配《しんぱい》で声《こえ》をかけたかったけど……今《いま》は残《のこ》り時間《じかん》が少《すく》ないから、僕《ぼく》は首《くび》をふって試験《しけん》に集中《しゅうちゅう》する。

「行《い》こう！　絶対《ぜったい》に通過《つうか》するよ！」

いつのまにか表情《ひょうじょう》が戻《もど》っていたあかねの声《こえ》に「おう！」と応《こた》えながら校舎内《こうしゃない》を走《はし》った。

残《のこ》り時間《じかん》は８分《ぷん》。おそらく今《いま》のペースなら確実《かくじつ》にもう１問《もん》見《み》つけられるはず！

僕《ぼく》らはとにかく必死《ひっし》になって問題用紙《もんだいようし》を探《さが》した。

みんなそれぞれ助《たす》け合《あ》って試験《しけん》にとりかかれている。

最初《さいしょ》はあまり者《もの》チームって思《おも》っていたけど、もしかしたら僕《ぼく》らはけっこう良《い》いチームなのかもしれない。

なんて思《おも》っていた僕《ぼく》をあざ笑《わら》うかのように流《なが》れた、マスク男《おとこ》の放送《ほうそう》に絶望《ぜつぼう》する。

「ここで、さらに１チーム通過《つうか》が決定《けってい》！　これで残《のこ》り１枠《わく》です！　さあ、最後《さいご》に通過《つうか》するのはどのチームだ！　これは盛《も》り上《あ》がってまいりましたよ〜！」

残《のこ》り５分《ふん》で、まさかの通過枠《つうかわく》が残《のこ》りひとつになってしまう。

「現在残《げんざいのこ》っているチームは、すべて２問正解《もんせいかい》のリーチ！　つまり、問題用紙《もんだいようし》を見《み》つけ出《だ》して次《つぎ》に

「クイズに正解《せいかい》したチームが通過《つうか》となります！　みなさん急《いそ》ぎましょう！」

楽《たの》しそうにあおってくるマスク男《おとこ》の放送《ほうそう》を聞《き》いて、僕《ぼく》らは必死《ひっし》になって問題用紙《もんだいようし》を探《さが》した。

あせりたくなくても、あせってしまう。

ほかのチームも、きっと同《おな》じ思《おも》いで探《さが》しているはずだ。

「とにかく見《み》つけるんだ！　がんばろう！」

残《のこ》り３分《ぷん》。

通過《つうか》チームが現《あらわ》れたアナウンスはないが、問題用紙《もんだいようし》も見《み》つからない。

けど、奇跡《きせき》は起《お》きる。

「……あった」

なにげなく開《ひら》いた掃除用具《そうじようぐ》入れ。戸《と》の隙間《すきま》に差《さ》し込《こ》まれた問題用紙《もんだいようし》を見《み》つける。

「みんな！　見《み》つけたぞ！　行《い》こう！」

僕《ぼく》は心臓《しんぞう》のドキドキが止《と》まらないまま、教室《きょうしつ》を飛《と》び出《だ》した。

一気《いっき》に階段《かいだん》を駆《か》け下《お》りて、校長室《こうちょうしつ》に入《はい》り、マスク男《おとこ》に問題用紙《もんだいようし》を渡《わた》す。

「おお！　まさかのキミたちか！　ではでは、問題《もんだい》は～」

――――【ハズレ】。

マスク男《おとこ》が開《ひら》いて見《み》せた問題用紙《もんだいようし》には、ただ一言《ひとこと》そう書《か》かれているだけだった。

「まさかのハズレ！　問題《もんだい》はありませ～ん！　また探《さが》してきてください！　いや～まさかここでこれを引《ひ》くとは！　つくづく運《うん》がないねえキミたち！」

ケラケラ笑《わら》いながらテーブルをたたくマスク男《おとこ》に、僕《ぼく》は「なんだよそれ！」とさけぶ。

「ハズレって、そんなのアリか⁉」

僕《ぼく》の言葉《ことば》にマスク男《おとこ》は「アリに決《き》まってるでしょう」と肩《かた》をすくめる。

「ハズレを引《ひ》いたら脱落《だつらく》！　にしなかっただけ、ありがたく思《おも》ってください。さあ、こうしているあいだにも時間《じかん》がどんどんすぎてますよ？」

言《い》われて校長室《こうちょうしつ》の時計《とけい》を見《み》る。

「残《のこ》り……1分《ぷん》」

僕《ぼく》がつぶやくと同時《どうじ》に、あかねが校長室《こうちょうしつ》を飛《と》び出《だ》した。

「あ、おい！　あかね！」

あわてて僕《ぼく》は秋歩《あきほ》と奈央《なお》と一緒《いっしょ》に彼女《かのじょ》を追《お》いかける。

そのまま近《ちか》くの教室《きょうしつ》へ飛《と》び込《こ》んだあかねは、机《つくえ》をかたっぱしからひっくり返《かえ》していく。

「見《み》つけなきゃ……見《み》つけなきゃ……見《み》つけるんだ！」

バラバラと中《なか》に入《はい》ったノートや文房具《ぶんぼうぐ》が落《お》ちて、あかねは床《ゆか》にはいつくばりながら問題用紙《もんだいようし》を探《さが》し、ないとわかるとまた机《つくえ》をひっくり返《かえ》した。

うわごとのように何《なに》かをつぶやきながら、あかねは必死《ひっし》に探《さが》し続《つづ》ける。

「守《まも》るんだ……私《わたし》がやらなきゃ……あの場所《ばしょ》は……お母《かあ》さんは」

ふでばこを探《さぐ》っていく中《なか》で、あかねが少《すこ》し顔《かお》をゆがめる。

どうやら、中《なか》に入《はい》っていたカッターの刃《は》で手《て》を切《き》ってしまったらしい。

赤《あか》く染《そ》まる指《ゆび》を見《み》て、僕《ぼく》があわてて手当《てあ》てをしようとしたら。

「いいから問題《もんだい》を探《さが》して！　こんなのなんでもないから！　早《はや》く！　とにかく問題《もんだい》を探《さが》して答《こた》えるの！　試験《しけん》に受《う》からなきゃ私《わたし》は……あの場所《ばしょ》は……あきらめてたまるもんか……私《わたし》は」

僕《ぼく》の手《て》は強《つよ》い力《ちから》で振《ふ》り払《はら》われて、あかねはくちびるをかみしめながら血《ち》に染《そ》まった手《て》でまた問題用紙《もんだいようし》を必死《ひっし》に探《さが》し続《つづ》けた。

「――――絶対《ぜったい》に諦《あきら》めない！　私《わたし》は大好《だいす》きなあの場所《ばしょ》を守《まも》るんだ！」

8 あかねの夢《ゆめ》

幸《しあわ》せは永遠《えいえん》につづかないと知《し》ったのは、小学《しょうがく》5年生《ねんせい》の終《お》わりの時《とき》だった。

私《わたし》のお母《かあ》さんは、地元《じもと》で小《ちい》さな洋菓子店《ようがしてん》を経営《けいえい》していた。

経営《けいえい》。なんて言《い》っても、ほとんどお母《かあ》さんひとりで切《き》り盛《も》りしていて、子《こ》どもの私《わたし》がちょっと手伝《てつだ》ってるくらいの本当《ほんとう》に小《ちい》さなお店《みせ》だ。

だけど、私《わたし》はこのお店《みせ》が大好《だいす》きだった。

よく来《き》てくれるお客《きゃく》さんの楽《たの》しそうな笑顔《えがお》。

お母《かあ》さんの作《つく》る甘《あま》くて美味《おい》しいお菓子《かし》たち。

好《す》きなものしかないこの空間《くうかん》に、ずっといたいって思《おも》ってた。

だから、私《わたし》の夢《ゆめ》はお母《かあ》さんのようなパティシエになってこのお店《みせ》を継《つ》ぐことだった。

……でも、その夢《ゆめ》はあっけなく崩《くず》れ去《さ》る。

「――あかね。お母《かあ》さんね、そろそろお店《みせ》を閉《し》めようかと思《おも》うの」

お母《かあ》さんが不意《ふい》にそれを言《い》い出《だ》した日《ひ》のことを、今《いま》でも覚《おぼ》えてる。

小学《しょうがく》5年生《ねんせい》になった私《わたし》は、お母《かあ》さんからお菓子《かし》作《づく》りを学《まな》ぶようになっていて。

その日《ひ》も、お店《みせ》が終《お》わった後《あと》にフォンダンショコラの作《つく》り方《かた》を教《おし》えてもらっていたんだ。

「お店《みせ》閉《し》めるって……やめちゃうの？」

材料《ざいりょう》をまぜていた手《て》がふるえた。

お母《かあ》さんは申《もう》し訳《わけ》なさそうに笑《わら》って、小《ちい》さくうなずいた。

「ごめんね。でも、ちょっともうお店《みせ》をつづけていくのが厳《きび》しくて」

言《い》いたいことは、それだけで伝《つた》わっていた。

数《すう》か月前《げつまえ》にお店《みせ》の近《ちか》くにできた、大型《おおがた》ショッピングモールのせいだ。

新《あたら》しくできたそこのテナントには、有名《ゆうめい》なお菓子《かし》のお店《みせ》がたくさん入《はい》っていた。

テレビやネットでよく見《み》るお店《みせ》が近《ちか》くにあったら、誰《だれ》だってそこへ行《い》くだろう。

有名《ゆうめい》になるくらいだから、すごく美味《おい》しいんだろう。

おかげで、よく来《き》てくれていたお客《きゃく》さんが来《く》る回数《かいすう》もどんどん減《へ》っていった。

「負《ま》けてないよ……お母《かあ》さんのお菓子《かし》。美味《おい》しいよ」

かすれる声《こえ》でつぶやく。
悔《くや》しくて、ショッピングモールのお菓子《かし》は食《た》べてもいない。
そんな私《わたし》の言葉《ことば》に説得力《せっとくりょく》がないことくらいわかってる。
だけど……それでも。

「お母《かあ》さんのお菓子《かし》、私《わたし》、大好《だいす》きだよ」

このお店《みせ》を続《つづ》けてほしかった。
お母《かあ》さんのお菓子《かし》で、小《ちい》さなショーケースを毎日《まいにち》いっぱいにしていてほしかった。
パティシエになって、お母《かあ》さんとふたりでこのお店《みせ》を続《つづ》けたかった。
「……ごめんね」
でも、お母《かあ》さんはそれを選《えら》んでくれなかった。
理由《りゆう》はわかる。
うちにはお父《とう》さんがいないから、お母《かあ》さんが働《はたら》くしかない。
私《わたし》を育《そだ》てるためにはお金《かね》が必要《ひつよう》だ。

だから、稼《かせ》げないのならお菓子《かし》を作《つく》っている場合《ばあい》じゃない。

なんでもいいから働《はたら》かないと。

お金《かね》を稼《かせ》がないと、私《わたし》たちはふたりとも生《い》きていけなくなってしまう。

だから、お母《かあ》さんはお店《みせ》を閉《し》めることを選《えら》んだ。

「ショッピングモールのお店《みせ》で雇《やと》ってくれることが決《き》まったからさ」

「それって……うちをつぶしたお店《みせ》で働《はたら》くってこと？」

「あかね。そんな言《い》い方《かた》しないで」

「でも、そうじゃん！」

私《わたし》はテーブルを両手《りょうて》で思《おも》いっきりたたいた。

お母《かあ》さんも私《わたし》も、目《め》に涙《なみだ》をためながら見《み》つめあう。

思《おも》いっきりにらむ私《わたし》に、お母《かあ》さんは困《こま》ったような笑顔《えがお》を向《む》けた。

「あかねはお菓子作《かしづく》りの才能《さいのう》がある。お母《かあ》さんよりももーっとすごいパティシエになれるわ。だから、あかねはこんな小《ちい》さなお店《みせ》じゃなくて、自分《じぶん》のお店《みせ》を持《も》ちなさい」

きっと素敵《すてき》なお店《みせ》にできるはずよ。と言《い》われて、私《わたし》は首《くび》を横《よこ》に振《ふ》った。

「そんなのいらない！　私《わたし》はここがいいの！　ここじゃなきゃダメなの！」

「お願《ねが》いだから、言《い》うことを聞《き》いて。あかね……このお店《みせ》にこだわらなくていいの。世界《せかい》はすっごく広《ひろ》いんだから、もっといろんなものを見《み》て経験《けいけん》しなさい」

諭《さと》すように言《い》ってくるお母《かあ》さんが、すごくイヤだった。

なんで私《わたし》の気持《きも》ちを否定《ひてい》されなきゃいけないんだ。

世界《せかい》は広《ひろ》い？

もっといろんなものを見《み》て経験《けいけん》しろ？

「勝手《かって》なこと言《い》わないでよ！　私《わたし》に夢《ゆめ》を持《も》たせといて、勝手《かって》に奪《うば》わないでよ！」

そう言《い》って、私《わたし》はお店《みせ》を飛《と》び出《だ》した。


……その日《ひ》から、私《わたし》はお母《かあ》さんとほとんど口《くち》を利《き》かなくなった。

お店《みせ》は半年後《はんとしご》に閉店《へいてん》になるらしい。

それまでは一生懸命《いっしょうけんめい》がんばると言《い》っていたから、私《わたし》も手伝《てつだ》った。

はたから見《み》れば今《いま》まで通《どお》り、だけど私《わたし》たちは確実《かくじつ》に『終《お》わり』に向《む》かっていく。

そんな時《とき》だった。

「なにこれ？　招待状《しょうたいじょう》？」

家《いえ》に帰《かえ》ると、私《わたし》あてにDPC社《ディーピーシーしゃ》から手紙《てがみ》が届《とど》いていた。

中《なか》を開《あ》けて、私《わたし》はおどろきと同時《どうじ》に胸《むね》が高鳴《たかな》る。

「……これだ」

この試験《しけん》に受《う》かれば、私《わたし》の夢《ゆめ》を終《お》わらせずに済《す》む。

お母《かあ》さんのお店《みせ》も閉《し》めずに済《す》む。

お金《かね》の心配《しんぱい》もいらない。

なにも不安《ふあん》になることなく、私《わたし》はお母《かあ》さんとまた幸《しあわ》せなお店《みせ》をつづけられるんだ。

そう思《おも》ったら、自然《しぜん》と足《あし》は会場《かいじょう》に向《む》かっていた。

お母《かあ》さんにウソをついて、お店《みせ》の手伝《てつだ》いを休《やす》んで私《わたし》はプロジェクト・エグザムに参加《さんか》する。

終《お》わりかけた夢《ゆめ》を終《お》わらせないために。


——私《わたし》の居場所《いばしょ》を、私《わたし》の手《て》で守《まも》るために！

9・残《のこ》り1秒《びょう》！

制限時間《せいげんじかん》があと30秒《びょう》を切《き》った。
「見《み》つける……ぜったい見《み》つけて、合格《ごうかく》して私《わたし》は夢《ゆめ》をかなえるんだ！」
それでもあかねはあきらめない。
もしかしたら、もうあきらめているチームもいるかもしれない。
問題用紙《もんだいようし》はもうほとんど見《み》つかったあとなのかもしれない。
けっきょく見《み》つからずに終《お》わるかもしれない。
……それなのに。
「どうして、そこまでがんばれるんだ……」
僕《ぼく》は小《ちい》さな声《こえ》でつぶやく。
その理由《りゆう》は、もうすでにわかっていた。
――夢《ゆめ》を持《も》った人《ひと》の覚悟《かくご》。

あかねにあって、僕《ぼく》にないもの。

きっとそのたったひとつの違《ちが》いが、彼女《かのじょ》をここまでつき動《うご》かしている。

どんなに絶望的《ぜつぼうてき》な状況《じょうきょう》に追《お》い込《こ》まれても、あきらめずに誰《だれ》よりも必死《ひっし》になって問題用紙《もんだいようし》を探《さが》す
あかねのすがたは、僕《ぼく》がそう思《おも》ってしまうほど、とてもまぶしく見《み》えた。

……僕《ぼく》にも夢《ゆめ》ができたら、いつかあかねみたいになれるのかな。

となりで問題用紙《もんだいようし》を探《さが》している彼女《かのじょ》を横目《よこめ》で見《み》る。

残《のこ》り時間《じかん》がほとんどなくなっている今《いま》も、あかねはあきらめずに手《て》を止《と》めない。

秋歩《あきほ》も奈央《なお》も、あかねのすがたに引《ひ》っ張《ぱ》られるように全力《ぜんりょく》で問題用紙《もんだいようし》を探《さが》し続《つづ》けていた。

だから僕《ぼく》も手《て》を動《うご》かしながら、はげますようにあかねに話《はな》しかける。

「この第《だい》2次試験《じしけん》をクリアして、そのままこのプロジェクトも僕《ぼく》らがクリアしたらさ！」

ひとりしか生《い》き残《のこ》れないプロジェクトなんだから、それは無理《むり》だとわかっている。だけど心《こころ》から願《ねが》っているから……本当《ほんとう》にそうなったらい

いなって思《おも》えたから、僕《ぼく》は笑《わら》ってあかねに言《い》った。

「────その時《とき》は、あかねのお母《かあ》さんのお店《みせ》で……あかねの作《つく》ったケーキを食《た》べてみたいな」

僕《ぼく》のその一言《ひとこと》で、ずっと止《と》まらなかったはずのあかねの手《て》がピタッと止《と》まる。

そして、彼女《かのじょ》がそっとこちらをふりむいて、何《なに》かを言《い》いかけた時《とき》。

「……あったあああああ！」

教室《きょうしつ》の端《はし》を探《さが》していた奈央《なお》が、今《いま》までで一番《いちばん》の大声《おおごえ》をあげて手《て》を掲《かか》げた。

秋歩《あきほ》に影響《えいきょう》されて汚《きたな》いところに手《て》を突《つ》っ込《こ》みまくったからか、指先《ゆびさき》が真《ま》っ黒《くろ》になっていた。

僕《ぼく》らは言葉《ことば》を交《か》わさず同時《どうじ》に教室《きょうしつ》を飛《と》び出《だ》し、いきおいのまま校長室《こうちょうしつ》へ入《はい》る。

「おや？　まさか間《ま》に合《あ》うチームがいるとは……いいですねえ」

マスク男《おとこ》がフッと笑《わら》って問題用紙《もんだいようし》を受《う》け取《と》ると、僕《ぼく》は口元《くちもと》を片手《かたて》でおおって集中《しゅうちゅう》した。

本当《ほんとう》なら問題《もんだい》ひとつに対《たい》して解答時間《かいとうじかん》は30秒《びょう》だけど、試験終了《しけんしゅうりょう》まであと10秒《びょう》しかない。

つまり、この問題《もんだい》は10秒《びょう》で答《こた》えなきゃならないんだ。

「第《だい》2次試験《じしけん》、最後《さいご》の問題《もんだい》は……残念《ざんねん》ながらレベル上級問題《じょうきゅうもんだい》。これは無理《むり》かもしれませんねえ」

あきらめたようにため息《いき》をつきながら、マスク男《おとこ》がテーブルの上《うえ》に問題用紙《もんだいようし》を広《ひろ》げる。

クロスワードクイズ　［レベル：上級《じょうきゅう》］

【問題《もんだい》】穴《あな》あき部分《ぶぶん》の文字《もじ》を見《み》つけだし、並《なら》べ替《か》えて正解《せいかい》の言葉《ことば》を探《さが》そう。

読《よ》む方向《ほうこう》（↓・←）

						タ		リ	
						マ	サ	□	サ
		メ	ン	カ	ジ	□		シ	
				□		ヤ		ツ	
				レ		キ			
イ	カ	ウ	ド	ン	□				
□				ボ					
エ									
ン									
ピ									
ツ									

【答《こた》え】□□□□

そのままマスク男《おとこ》はタイマーをセットせず、校長室《こうちょうしつ》の時計《とけい》を見上《みあ》げた。

残《のこ》された時間《じかん》はもうほとんどない！

考《かんが》えろ、考《かんが》えろ――考《かんが》えろ！

「リカシツ！　サカサマ！」

秋歩《あきほ》が一番《いちばん》に口《くち》を開《ひら》く。残《のこ》り9秒《びょう》。

「タマゴヤキ！　ゴジカンメ！」

あかねがつづいた。残《のこ》り8秒《びょう》。

「カクレンボ！」

奈央《なお》が言《い》うと、僕《ぼく》もつづく。

「ウンドウカイ！」

残《のこ》り5秒《びょう》……4、3、そして。

「最後《さいご》の四角《しかく》は、なに……口でいいんだよね!?」

あかねが首《くび》をひねると、秋歩《あきほ》と奈央《なお》もうなずきつつ首《くび》をひねる。

最後《さいご》の四角《しかく》に入《はい》る言葉《ことば》は口――だけど、ちがう！　これはワナだ！

答《こた》えの枠《わく》は4つ。なら、5つめの四角《しかく》はきっと……！

僕《ぼく》は顔《かお》を上《あ》げて、大声《おおごえ》で叫《さけ》んだ。

2、1……。

「――答《こた》えは『ゴウカク』！　合格《ごうかく》だ！」

僕《ぼく》が答《こた》えると同時《どうじ》に、校舎全体《こうしゃぜんたい》でチャイムが鳴《な》り響《ひび》く。

「試験終了《しけんしゅうりょう》！　それと同時《どうじ》に最後《さいご》の通過《つうか》チームが決《き》まりました！」

マスク男《おとこ》は盛大《せいだい》な拍手《はくしゅ》で僕《ぼく》らをたたえてくる。

あっけにとられている僕《ぼく》らを見《み》て、マスク男《おとこ》はうんうんとうなずいた。

「合格《ごうかく》ですよ。試験通過《しけんつうか》です。あ、この問題《もんだい》の答《こた》えも『ゴウカク』なので、ややこしいですね。それにしても見事《みごと》でした。最後《さいご》の『イロエンピツ』の引《ひ》っかけに気《き》づいたとはね」

ははは。と笑《わら》うマスク男《おとこ》の前《まえ》であかねがへたりこむ。

「ご、合格《ごうかく》……よかった……生《い》きてる……まだ、終《お》わってない」

そう。最後《さいご》の四角《しかく》はそのままで、カタカナの『ロ』になっていたんだ。

だから答《こた》えの枠《わく》は4つしかなかった。そのヒントがあったから、僕《ぼく》もなんとか気《き》づけた。

本当《ほんとう》にギリギリだった。けど、これで……。

「「「第《だい》2次試験《じしけん》クリアだあああ！」」」


僕《ぼく》らはおたがいを抱《だ》きしめあいながら、思《おも》いっきりさけんだ。

「はは……やった。やったね」

ようやく僕《ぼく》も試験通過《しけんつうか》の実感《じっかん》がわいて、体《からだ》の力《ちから》が抜《ぬ》けていった。

するとマスク男《おとこ》はその場《ば》で放送《ほうそう》を始《はじ》める。

「第《だい》2次試験《じしけん》の合格者《ごうかくしゃ》は20名《めい》！　つぎの試験《しけん》の準備《じゅんび》がありますのでしばらく休憩《きゅうけい》とします！」

そう宣言《せんげん》すると、マスク男《おとこ》は「おっと、その前《まえ》に」と笑《わら》った。

「脱落《だつらく》したチームはここでお別《わか》れです！　さようなら〜」

その放送《ほうそう》と同時《どうじ》に校舎《こうしゃ》のあちこちから悲鳴《ひめい》があがる。

そして一瞬《いっしゅん》でまた静《しず》けさを取《と》り戻《もど》すと、マスク男《おとこ》は楽《たの》しそうに校長室《こうちょうしつ》を出《で》て行《い》った。

僕《ぼく》らはしばらくそこから動《うご》けなかったけど、少《すこ》し落《お》ち着《つ》いてきたら、秋歩《あきほ》の提案《ていあん》で近《ちか》くの教室《きょうしつ》に移動《いどう》して体《からだ》を休《やす》めることにした。

すると不意《ふい》に、あかねが僕《ぼく》にあやまってくる。

「さっきは、ごめん。せっかく手《て》のケガを心配《しんぱい》してくれたのに」

あかねは、自分《じぶん》で手当《てあ》てしてハンカチでおおった指《ゆび》を僕《ぼく》に見《み》せた。

「そんなのべつにいいのに。でも、よかったよ。無事《ぶじ》に4人《にん》とも通過《つうか》できて」

僕《ぼく》がそう言《い》うと、あかねは「そうだね」と微笑《ほほえ》んだ。

そして、しばらく沈黙《ちんもく》した後《あと》に「うん」と何《なに》かを決心《けっしん》して、

「3人《にん》に聞《き》いてほしいんだけど……」

と呼《よ》びかける。僕《ぼく》らが顔《かお》をむけると、あかねは小《ちい》さな声《こえ》でとつとつと話《はな》し始《はじ》めた。

それは、あかねがここへ来《き》た理由《りゆう》だった。

自己紹介《じこしょうかい》の時《とき》に聞《き》いたざっくりとした説明《せつめい》じゃなくて。

彼女《かのじょ》の守《まも》りたいものの話《はなし》。

お母《かあ》さんのこと、お母《かあ》さんのお店《みせ》のこと、お母《かあ》さんとケンカしたままのこと。

近《ちか》くに座《すわ》る僕《ぼく》や秋歩《あきほ》、奈央《なお》にゆっくりとていねいに教《おし》えてくれた。

「なんで、僕《ぼく》らに……？」

すべてを聞《き》き終《お》えて僕《ぼく》が口《くち》を開《ひら》くと、あかねは「なんでかな？」と小首《こくび》をかしげる。

「なんか、知《し》っててほしかったんだ。こんな人《ひと》がいたんだってことを」

「それって、どういう意味《いみ》？」

「わかるでしょ？　この試験《しけん》、これから先《さき》はもっとすごい強敵《きょうてき》とあらそうことになるんだよ？」

「……負《ま》ける気《き》なの？」

僕《ぼく》はあかねの言《い》わんとしていることを察《さっ》して、質問《しつもん》する。

彼女《かのじょ》は「まさか。私《わたし》は負《ま》けるつもりなんてない」と肩《かた》をすくめた。

「けど、もしものことがあったら……ね」

あかねはそこまで言《い》って、口《くち》を閉《と》ざした。

きっと、不安《ふあん》がどんどんふくらんでいるんだろう。

この先《さき》は、もっと過酷《かこく》な試験《しけん》が待《ま》っているかもしれない。

それを、さらなる強敵《きょうてき》たちと競《きそ》わなきゃいけないんだ。

試験《しけん》を乗《の》り越《こ》えるたびに、勝《か》てる可能性《かのうせい》はどんどん低《ひく》くなっていく。

でも、あかねの表情《ひょうじょう》のかげりの理由《りゆう》はそれだけじゃない気《き》がした。

すると、今度《こんど》は奈央《なお》が口《くち》を開《ひら》く。

「僕《ぼく》もみんなには伝《つた》えておきたくて……僕《ぼく》の夢《ゆめ》のことなんだけど」

うつむきかげんに手《て》をもじもじさせていた奈央《なお》は、いきおいよく赤《あか》くなった顔《かお》を上《あ》げる。


「――僕《ぼく》ね、しょ、将来《しょうらい》は歌手《かしゅ》になりたいんだ」


奈央《なお》は、そう言《い》って自分《じぶん》の今《いま》までの話《はなし》を聞《き》かせてくれた。

彼《かれ》の父親《ちちおや》は大病院《だいびょういん》の院長《いんちょう》で、ひとり息子《むすこ》の奈央《なお》は生《う》まれたときから、医者《いしゃ》になって後《あと》を継《つ》ぐことを決《き》められていたらしい。

「だけどさ……僕《ぼく》は本当《ほんとう》は小《ちい》さい頃《ころ》から医者《いしゃ》よりも、テレビで歌《うた》っている人《ひと》たちにあこがれてて。僕《ぼく》もあんなふうにキラキラしたステージで歌《うた》いたい！　って思《おも》いがずっとあって……」

言《い》いながら奈央《なお》の顔《かお》がくもる。

「でも、僕《ぼく》ってこう……明《あか》るい性格《せいかく》でもないしさ。人前《ひとまえ》に立《た》つのも苦手《にがて》だし、みんなの前《まえ》で発言《はつげん》とかもあんまりできないし、夢《ゆめ》が歌手《かしゅ》ってなんかイメージじゃないし」

奈央《なお》は自分《じぶん》のイメージと夢《ゆめ》がかけ離《はな》れていると思《おも》って、誰《だれ》にも言《い》えなかったらしい。

医者《いしゃ》になると信《しん》じている親《おや》にも、もちろん言《い》えなかった。

「だから、このプロジェクトの招待状《しょうたいじょう》が来《き》た時《とき》に『最初《さいしょ》で最後《さいご》のチャンスだ！』って思《おも》ったんだ」

そう言《い》う奈央《なお》の目《め》に涙《なみだ》がにじむ。

きっと、彼《かれ》もそうとうな覚悟《かくご》を持《も》ってこのプロジェクトに参加《さんか》したんだ。

誰《だれ》にも言《い》えない夢《ゆめ》を、誰《だれ》にも言《い》わずに叶《かな》えるために……。

「奈央《なお》、ありがとう。教《おし》えてくれて」

ゴシゴシと涙《なみだ》をふく奈央《なお》に僕《ぼく》が微笑《ほほえ》むと、あかねが「あーあ」とため息《いき》をつく。

「こんな試験《しけん》じゃなくて、もっと普通《ふつう》にみんなと会《あ》えてたらなあ」

その言葉《ことば》に秋歩《あきほ》がクスクス笑《わら》いながら「それな」と指差《ゆびさ》した。

奈央《なお》も微笑《ほほえ》みながらうんうんとうなずいているけど、僕《ぼく》はうまく笑《わら》えなかった。

その言葉《ことば》の意味《いみ》は……僕《ぼく》の頭《あたま》の中《なか》でずっと引《ひ》っかかっていたことだったからだ。

――この試験《しけん》の合格者《ごうかくしゃ》はひとりだけ。

残《のこ》りの人《ひと》の人生《じんせい》は奪《うば》われてしまう。

ということは、いずれ僕《ぼく》らは『合格《ごうかく》』というイスをかけて争《あらそ》わなきゃいけなくなる。

チームを組《く》んで、なんだか絆《きずな》ができてしまったせいか、最初《さいしょ》の時《とき》よりもその事実《じじつ》がズンと重《おも》くのしかかってきた。

「みんなの夢《ゆめ》が、ぜんぶ叶《かな》ったらいいのにな」

僕《ぼく》がなにげなくつぶやいた言葉《ことば》に誰《だれ》からも返事《へんじ》はなく、そこから会話《かいわ》は続《つづ》かなかった。

だけど、静《しず》かな教室《きょうしつ》で僕《ぼく》はずっと考《かん》え続《つづ》けていた。

もしかしたらだけど、そんな夢《ゆめ》みたいな方法《ほうほう》がどこかにある気《き》がしたんだ――。

しばらくすると、マスク男《おとこ》が放送《ほうそう》で指示《しじ》してくる。

「第《だい》3次試験《じしけん》の準備《じゅんび》が整《ととの》いましたので、校庭《こうてい》に集《あつ》まってください」

僕《ぼく》らはゆっくりと立《た》ち上《あ》がり、ほかのチームと一緒《いっしょ》に校庭《こうてい》へと降《お》り立《た》ち、息《いき》をのむ。

「さあさあ！　みなさん早《はや》く前《まえ》に並《なら》んでください！」

朝礼台《ちょうれいだい》に立《た》ったマスク男《おとこ》が、楽《たの》しそうに手《て》をたたいてうながしてくる。

僕《ぼく》らはなんとなくおたがいを見《み》ながら、ゾロゾロとふぞろいに並《なら》んだ。

……校庭《こうてい》には大《おお》きな『〇』と『×』が描《か》かれていた。

そしてそのふたつを分《わ》けるように、校庭《こうてい》の真《ま》ん中《なか》にラインが引《ひ》かれている。

「では、第《だい》3次《じ》試験《しけん》の内容《ないよう》を発表《はっぴょう》します！」

マスク男《おとこ》が両手《りょうて》を広《ひろ》げて高《たか》らかに宣言《せんげん》すると、ふたたび校舎《こうしゃ》から垂《た》れ幕《まく》が下《お》りる。

「第《だい》3次《じ》試《し》験《けん》は、みんなでやればこわくない！『人生《じんせい》〇×クイズ！』です！」

10・答《こた》えは全員見《ぜんいんみ》たことある!?

第《だい》3次試験《じしけん》【人生《じんせい》○×クイズ!】

・問題《もんだい》は3問《もん》。
・出題《しゅつだい》されたら10秒以内《びょういない》に○エリアか×エリアに移動《いどう》すること。
・参加者《さんかしゃ》どうしの会話《かいわ》はオーケー。
・全問正解《ぜんもんせいかい》した人《ひと》たちのみ、次《つぎ》の最終試験《さいしゅうしけん》に進《すす》める。

「正解《せいかい》すれば人生《じんせい》が続《つづ》くし、不正解《ふせいかい》なら人生《じんせい》が終《お》わる。シンプルイズベストな試験《しけん》です!」

マスク男《おとこ》の説明《せつめい》を聞《き》いて、みんながざわつく。

けど、ざわついた理由《りゆう》はこの試験《しけん》のルールのせいじゃない。

僕《ぼく》らをおどろかせたのは……この次《つぎ》が最終試験《さいしゅうしけん》ってことだ。

あとふたつで試験《しけん》が終《お》わる。

正直《しょうじき》、校庭《こうてい》の○×を見《み》て何《なに》をやるかは最初《さいしょ》からわかっていたから、おどろきはなかった。

僕《ぼく》は垂《た》れ幕《まく》に書《か》かれたルールを見上《みあ》げながら、つぶやく。

「この試験《しけん》……通過者《つうかしゃ》の人数制限《にんずうせいげん》はない。これなら3問正解《もんせいかい》すればそのまま進《すす》めるってわけだ」

しかも相談《そうだん》してもいいのなら、正解率《せいかいりつ》もグンと高《たか》くなる。

1問《もん》でもまちがえたら人生終《じんせいお》わりという、最悪《さいあく》の状況《じょうきょう》には変《か》わりないけど。

ここには選《えら》ばれた20人《にん》の小学生《しょうがくせい》がいる。

頭《あたま》のいい人《ひと》もおおぜいいるわけだから、この第《だい》3次試験《じしけん》は今《いま》までよりも楽《らく》に通過《つうか》できそうだ。

「はい、それではさっそく第《だい》1問《もん》といきましょうかねえ！　これは純粋《じゅんすい》に知識力《ちしきりょく》、そして何《なに》より記憶力《きおくりょく》がためされる試験《しけん》ですので、しっかり考《かんが》えて答《こた》えてください！」

マスク男《おとこ》の言葉《ことば》を一言一句《いちごんいっく》聞《き》き逃《のが》さないように、耳《みみ》をそばだてる。

そして、最初《さいしょ》の問題《もんだい》が出題《しゅつだい》された。

「第《だい》1問《もん》！　カリマンタン島北西部《とうほくせいぶ》にあるブルネイの首都《しゅと》はバンダルスリブガワンである」

「……は？」

誰《だれ》かが、声《こえ》をもらす。

あまりにも聞《き》いたことのない地名《ちめい》ばかりで、いったいどこの国《くに》の話《はなし》かまるでわからなかった。

「おいおい！　なんだよそのカリマンなんとか島《とう》って！　さすがに問題《もんだい》おかしいだろ！」

こんなの勘《かん》で答《こた》えるしかないじゃん！　と声《こえ》を荒《あら》らげる男子《だんし》に、マスク男《おとこ》はカウントを取《と》りやめて顔《かお》を向《む》けた。

「問題《もんだい》が出題《しゅつだい》されたらもう解答時間《かいとうじかん》なのですが、これは大《だい》サービスとしましょう」

言《い》いながら、僕《ぼく》らの顔《かお》をひとりずつ指《ゆび》さしていく。

「いいですか？　よく聞《き》いてください」


――キミたちは問題《もんだい》の答《こた》えをすでに目《め》にしています。


「プロジェクトの参加者《さんかしゃ》は全員《ぜんいん》もれなくこの試験《しけん》の答《こた》えを目《め》にしているはずです。だから答《こた》えられなきゃおかしい。言《い》ったでしょう？　これは知識力《ちしきりょく》と記憶力《きおくりょく》の試験《しけん》だと」

マスク男《おとこ》はそれだけ言《い》うと、「では気《き》を取《と》り直《なお》して」ともう一度問題《いちどもんだい》を読《よ》み上《あ》げた。

「カリマンタン島北西部《とうほくせいぶ》にあるブルネイの首都《しゅと》はバンダルスリブガワンである。○か×か」

今度《こんど》はカウントダウンが始《はじ》まった。
10、9、8……。
「こんなの聞《き》いたこともないよ……どこで見《み》たんだ？」

秋歩《あきほ》が頭《あたま》をかかえる。

あかねも奈央《なお》も、同《おな》じように頭《あたま》を悩《なや》ませていた。

もちろん僕《ぼく》にも覚《おぼ》えがない。いや、ほかのみんなもそうだ。


……たったひとりをのぞいて。


みんなの様子《ようす》をうかがっていた僕《ぼく》の目《め》に映《うつ》ったのは、神崎氷河《かんざきひょうが》だった。

あいつは涼《すず》しい顔《かお》で『○』のエリアへ向《む》かっている。

ほかの人《ひと》の中《なか》にも神崎《かんざき》の動《うご》きに気付《きづ》いている人《ひと》がいるみたいだ。
7、6、5……。
制限時間《せいげんじかん》はどんどん迫《せま》ってきている。

たかが10秒《びょう》じゃ考《かんが》えることもままならない。

たしかにこれは、答《こた》えを知《し》っていることが前提《ぜんてい》……いや、試《ため》されている試験《しけん》だ。

「10秒《びょう》じゃ考《かんが》える時間《じかん》もない！　もうここは勘《かん》で行《い》くしかないと思《おも》う！」

あかねの言葉《ことば》に、奈央《なお》と秋歩《あきほ》も「そうするしかない」と、くちびるをかみながらうなずく。

残《のこ》り4秒《びょう》。周《まわ》りからも神崎《かんざき》についていく人《ひと》が増《ふ》えてきた。

たしかにもう時間《じかん》がない……ダメだ！　もう考《かんが》えてもしかたがない！

「わかった。僕《ぼく》も直感《ちょっかん》で決《き》める。せーので自分《じぶん》の正解《せいかい》だと思《おも》うほうに走《はし》ろう。せーのっ！」

言《い》い終《お》わりに僕《ぼく》が走《はし》り出《だ》すと、あかねと秋歩《あきほ》と奈央《なお》も一緒《いっしょ》に『〇』エリアへ移動《いどう》した。

どうやら4人《にん》の勘《かん》は、ぐうぜんにも『〇』でそろっていたらしい。

そして、僕《ぼく》らが校庭《こうてい》に引《ひ》かれたラインを飛《と》び越《こ》えた瞬間《しゅんかん》。

「はい、そこまで！　今《いま》からの移動《いどう》は認《みと》めません！　もし移動《いどう》した場合《ばあい》は試験放棄《しけんほうき》とみなし、その場《ば》で脱落《だつらく》とします！」

マスク男《おとこ》が解答時間《かいとうじかん》の終了《しゅうりょう》を告《つ》げた。

僕《ぼく》らのいる『〇』エリアには15人《にん》。『×』エリアには5人《にん》がいた。

すると、神崎《かんざき》が僕《ぼく》に気《き》づいてニヤニヤ笑《わら》う。

「なんだよ、ザコくんもけっきょく俺《おれ》だのみか？　俺《おれ》を許《ゆる》さないんじゃなかったのかよ？」

違《ちが》う！　とも言《い》い切《き》れず僕《ぼく》は口《くち》ごもる。

神崎《かんざき》の影響《えいきょう》で『○』エリアへ行《い》く人《ひと》が増《ふ》えた。それを目《め》にしていたのは事実《じじつ》だ。

だから直感《ちょっかん》で決《き》めたといっても、神崎《かんざき》の影響《えいきょう》が少《すこ》しもなかったかと言《い》われると否定《ひてい》はできない。

ただ、まだ『○』が正解《せいかい》とも決《き》まっていない。僕《ぼく》も含《ふく》めてきっとほとんどの人《ひと》が正解《せいかい》を知《し》らず、勘《かん》で答《こた》えを選《えら》んでいるだろうから、あとはもう祈《いの》ることしかできなかった。

まわりの人《ひと》と同様《どうよう》に僕《ぼく》もあかねも奈央《なお》や秋歩《あきほ》も指《ゆび》を組《く》んで祈《いの》るように目《め》をつむる。

そして、マスク男《おとこ》が正解《せいかい》を告《つ》げる。

「正解《せいかい》は～……」


――――『○』です！　なので、『×』エリアの方《かた》はさようなら～！


その言葉《ことば》と同時《どうじ》に目《め》を開《ひら》くと、校庭《こうてい》の半分《はんぶん》がパカッと割《わ》れて5人《にん》の不正解者《ふせいかいしゃ》が落《お》ちていく。

一瞬《いっしゅん》の悲鳴《ひめい》……そしてまた校庭《こうてい》が閉《と》じて元通《もとどお》りになると、何《なん》の音《おと》も聞《き》こえなくなった。

「よかった……よかった……なんとか1問《もん》、乗《の》り切《き》れた」

あかねはホッとした顔《かお》で言《い》うけど、僕《ぼく》は安心《あんしん》よりも不安《ふあん》がどんどんふくらんできた。
「次《つぎ》もわからない問題《もんだい》だったら……？」
自分《じぶん》でつぶやいて絶望《ぜつぼう》する。
1問目《もんめ》のように勘《かん》で答《こた》えを選《えら》び続《つづ》けてたら、2分《ぶん》の1の確率《かくりつ》で間違《まちが》う可能性《かのうせい》がある。
生《い》きるか死《し》ぬかの確率《かくりつ》が半々《はんはん》の勝負《しょうぶ》をあと2回《かい》もやれる気《き》がしなかった……。
「おいおい、そんな顔《かお》すんなよ！　次《つぎ》も俺《おれ》についてくるといい！　なあ？」
神崎《かんざき》が楽《たの》しそうに僕《ぼく》にむかって言《い》ってくる。
それを聞《き》いて、まわりの人《ひと》たちはヒソヒソと相談《そうだん》をはじめた。
このまま神崎《かんざき》についていけば――試験《しけん》をクリアできる。
たしかにその通《とお》りだ。この中《なか》ではきっと神崎《かんざき》が一番《いちばん》、頭《あたま》がいい。
だから彼《かれ》に頼《たよ》るのは、効率的《こうりつてき》で楽《らく》な選択《せんたく》……かしこい選択《せんたく》とも言《い》えるかもしれない。
だけど、僕《ぼく》はどうしても神崎《かんざき》に頼《たよ》る気《き》にはなれなかった。
今《いま》でもこいつを見《み》るたびに一虎《かずとら》の顔《かお》がチラつくんだ。
僕《ぼく》は頭《あたま》を振《ふ》って、うつむきながら深呼吸《しんこきゅう》で心《こころ》を落《お》ち着《つ》けた。
すると、まわりの様子《ようす》を見《み》て迷《まよ》いはじめた奈央《なお》が心配《しんぱい》そうな顔《かお》でのぞきこんでくる。

「ね、ねえリョウ……どうする？」

言《い》いたいことはわかっていた。だから、僕《ぼく》は首《くび》を横《よこ》に振《ふ》った。

「僕《ぼく》は、神崎《かんざき》に頼《たよ》らないでいく……」

あいつに頼《たよ》るのは正《ただ》しいのかもしれないけど、僕《ぼく》にとってそれは『間違《まちが》い』な気《き》がしたから。

そっとつぶやくように言《い》ったのが聞《き》こえたのか、神崎《かんざき》が「へえ」と笑《わら》った。

きっとバカにしているんだろう。

けど、僕《ぼく》は無視《むし》して次《つぎ》の問題《もんだい》を待《ま》った。

マスク男《おとこ》は僕《ぼく》らの様子《ようす》を見《み》て楽《たの》しそうにうなずくと、「では！」と口《くち》を開《ひら》く。

「つづいて2問目《もんめ》！　はりきっていきましょう！」

僕《ぼく》はゴクリとつばを飲《の》み込《こ》んで、マスク男《おとこ》の言葉《ことば》に集中《しゅうちゅう》した。


「第《だい》2問《もん》！　【ドレミのうた】の原曲《げんきょく》でも『ド』はドーナツの『ド』である。○か×か」


――カウントダウンが始《はじ》まる。

神崎《かんざき》はこちらを見《み》て、ニヤニヤ笑《わら》いながら『○』エリアのラインギリギリに立《た》った。

そして、『×』エリアに足《あし》をのばして、

「正解《せいかい》は〜……おーっと残念《ざんねん》！　『〇』でした〜！　こっちが正解《せいかい》だぞ？　ザコくんたち！」

ふざけながら足《あし》を引《ひ》っ込《こ》めて、僕《ぼく》らを見《み》る。

それを見《み》て、まわりの人《ひと》たちもクスクス笑《わら》いながら僕《ぼく》らを見《み》ていた。

神崎《かんざき》がここにとどまると知《し》って、みんなも『〇』エリアから動《うご》かない。

僕《ぼく》らも……まだ、その場《ば》から動《うご》けない。

まわりの笑《わら》い声《ごえ》が聞《き》こえてくる。みんな、僕《ぼく》とあかね、奈央《なお》や秋歩《あきほ》を見《み》て笑《わら》っていた。

どうする？　どうすればいい？　残《のこ》り時間《じかん》はどんどん過《す》ぎていく……けど、答《こた》えはわからない。

でも、第《だい》1問《もん》と第《だい》2問《もん》の問題《もんだい》を聞《き》いて何《なに》かが

引《ひ》っ掛《か》かっていた。

「僕《ぼく》らはみんな答《こた》えを目《め》にしている……聞《き》いたとかじゃなくて、この目《め》で見《み》ているってことだ」

きっとこの言葉《ことば》にもヒントが隠《かく》されているはず……だけど、考《かんが》える時間《じかん》が足《た》りなすぎる！

その時《とき》、奈央《なお》が手《て》を挙《あ》げる。

「……僕《ぼく》、この答《こた》え知《し》ってる！」

11・人生《じんせい》をかけたバツ

残《のこ》り5秒《びょう》で、奈央《なお》がとつぜん口《くち》を開《ひら》いた。

「思《おも》い出《だ》した！　【ドレミのうた】の原曲《げんきょく》！　『ド』はドーナツの『ド』じゃなかった！」

奈央《なお》は僕《ぼく》らを手招《てまね》きしながら、『×』エリアへ走《はし》る。

それを見《み》て、まわりの人《ひと》たちは指《ゆび》を差《さ》しながら笑《わら》う。

「あいつ！　元気《げんき》いっぱいに間違《まちが》いへ行《い》ったぞ！」

バカにしたような声《こえ》があちこちから飛《と》び交《か》う。

けど、もはや僕《ぼく》らには関係《かんけい》なかった。3人《にん》とも同《おな》じ気持《きも》ちなのはすぐに伝《つた》わってきた。

答《こた》えはわからないけど……信《しん》じるなら神崎《かんざき》じゃなく奈央《なお》を信《しん》じたい。

正解《せいかい》を求《もと》めるなら、最後《さいご》まで仲間《なかま》を信《しん》じぬいて正解《せいかい》したい！

だから、僕《ぼく》とあかねと秋歩《あきほ》はおたがいを見合《みあ》って……。

「「「行《い》こう！」」」

3人一緒《にんいっしょ》に『×』エリアへ走《はし》り出《だ》した！

笑《わら》い声《ごえ》も、バカにしたような言葉《ことば》もつきはなすスピードで僕《ぼく》らは奈央《なお》に追《お》いつく。

残《のこ》り3秒《びょう》。

ふりむいた先《さき》で神崎《かんざき》たちが笑《わら》っていた。

2……1……。

そうして解答時間《かいとうじかん》が終《お》わりを告《つ》げようとしたその時《とき》。

「そんじゃ、バイバーイ！」

ライン際《ぎわ》に立《た》っていた神崎《かんざき》が、ひょいと『×』エリアへ降《お》り立《た》つ。

本当《ほんとう》に一瞬《いっしゅん》の出来事《できごと》だった。神崎《かんざき》はいきなりみんなを置《お》いて、僕《ぼく》らのいる方《ほう》へ移動《いどう》してきた。

あっけにとられて固《かた》まるまわりの人《ひと》たちに、神崎《かんざき》は笑顔《えがお》で手《て》をふる。

あわてて走《はし》り出《だ》そうとした人《ひと》たちもいたけど、もう遅《おそ》かった。

「そこまで！　では正解《せいかい》を発表《はっぴょう》します！」

マスク男《おとこ》はさえぎるように宣言《せんげん》し、笑《わら》った。

「正解《せいかい》は『×』です！　原曲《げんきょく》だと『ド』はドーナツではなくメスの鹿《しか》を指《さ》す『Doe《ドウ》』です！」

それは、あまりにも残酷《ざんこく》な発表《はっぴょう》だった。

正解《せいかい》の『×』エリアにいる僕《ぼく》らの目《め》の前《まえ》で、さっきまで笑《わら》っていた人《ひと》たちが落《お》ちていく。

僕《ぼく》ら4人《にん》と神崎《かんざき》以外《いがい》の全員《ぜんいん》が絶望《ぜつぼう》にみちた顔《かお》で暗闇《くらやみ》にしずむと、校庭《こうてい》は何事《なにごと》もなかったかのように閉《と》じて、なんだか最初《さいしょ》からそこには誰《だれ》もいなかったように見《み》えた。

「神崎《かんざき》……！　お前《まえ》、わざと！」

詰《つ》め寄《よ》る僕《ぼく》を、あかねが肩《かた》をつかんで止《と》める。

にらみつける僕《ぼく》と目《め》を合《あ》わせて、神崎《かんざき》は「ははは！」と笑《わら》った。

「だって、そうだろ？　これは最後《さいご》のひとりを決《き》める試験《しけん》だ。他人《たにん》をだまして蹴落《けお》として何《なに》が悪《わる》い？　しっかし惜《お》しかったなあ……お前《まえ》らも引《ひ》っかかってりゃもっと笑《わら》えたのに」

なにも悪《わる》びれた様子《ようす》もなく言《い》う神崎《かんざき》に、僕《ぼく》ははげしい怒《いか》りをおぼえる。

けど、あかねは僕《ぼく》の顔《かお》をつかんで、自分《じぶん》のほうへ強引《ごういん》に向《む》かせた。

「あと1問《もん》！　集中《しゅうちゅう》して！」

あかねが気合《きあ》いを入《い》れてさけぶ。

そうだ……神崎《かんざき》の挑発《ちょうはつ》に乗《の》っている場合《ばあい》じゃない。

この第《だい》3次試験《じしけん》はまだあと1問残《もんのこ》っているんだ。
「ごめん、あかね。キミの言《い》うとおりだ」
自分《じぶん》のほほをパチンとたたいて、僕《ぼく》は切《き》り替《か》える。
それを見《み》ていた神崎《かんざき》は、さらに僕《ぼく》らをあおってきた。
「さあ、次《つぎ》はとんな難問《なんもん》がくるのかなあ？　楽《たの》しみだなあ！」
なあ、ザコくん。と神崎《かんざき》はバカにしたように言《い》ってきた。
こいつは最初《さいしょ》に会《あ》った時《とき》からずっとこうだった。
いつでも僕《ぼく》のことをバカにして、『ザコくん』と呼《よ》んでくる。
きっと、名前《なまえ》をおぼえるつもりもない。知《し》っても意味《いみ》がないと思《おも》っているんだろう。
でも、今《いま》ここで神崎《かんざき》にそれを怒《おこ》っても意味《いみ》はない。
何《なに》も伝《つた》わらないに決《き》まっている。
だから勝《か》つんだ……この試験《しけん》で。
自分《じぶん》の信《しん》じた答《こた》えで、勝《か》ってみせるんだ。
それができて、初《はじ》めて僕《ぼく》は言《い》い返《かえ》せる。
そして、マスク男《おとこ》はゆっくりと口《くち》を開《ひら》く。

「残《のこ》り5人《にん》……この問題《もんだい》をクリアすれば第《だい》3次試験《じしけん》が終《お》わり、いよいよ最終試験《さいしゅうしけん》です」

ひとりひとり、僕《ぼく》らの顔《かお》を見《み》て静《しず》かに続《つづ》けた。

「知識《ちしき》も記憶《きおく》もふりしぼって、とりかかってください。では、第《だい》3問《もん》!!」

——インドの「カレー」という料理《りょうり》は、日本《にほん》でも人気《にんき》である。○か×か。

「……は？」

神崎《かんざき》の口《くち》から、初《はじ》めて聞《き》くようなとぼけた声《こえ》がもれる。

最終問題《さいしゅうもんだい》……どんな難問《なんもん》がくるかと思《おも》ったら。

「これ、当《あ》たり前《まえ》に○だろ。カレー嫌《ぎら》いなやつのほうがあっとうてきに少《すく》ないし」

本当《ほんとう》に誰《だれ》でも『答《こた》え』がわかる問題《もんだい》が出《だ》されてしまった。

神崎《かんざき》は「サービス問題《もんだい》だな」と、あきれたように笑《わら》った。

「日本《にほん》でよく食《た》べられているのは欧風《おうふう》カレーである。とかの引《ひ》っかけの可能性《かのうせい》もあったが、もとはインドのカレーから派生《はせい》してるわけだし。これは、まどわせ問題《もんだい》だな」

わかりやすすぎて正解《せいかい》をうたがわせる問題《もんだい》だ。と神崎《かんざき》は言《い》いながら『○』エリアへ移動《いどう》する。

もはや答《こた》えがわかりやすすぎて、僕《ぼく》らを引《ひ》っかける気《き》すら失《う》せたようだ。

気《け》だるそうに手招《てまね》きしてくる。

あかねと奈央《なお》と秋歩《あきほ》も首《くび》をかしげながら、『〇』エリアへ移動《いどう》した。

僕《ぼく》も一緒《いっしょ》に歩《ある》きだした時《とき》、不意《ふい》にマスク男《おとこ》が口《くち》をひらく。

「けっきょく、試験《しけん》の答《こた》えに気《き》づいた人《ひと》はゼロでしたか……」

全員《ぜんいん》が『〇』エリアに行《い》くのを見《み》て、マスク男《おとこ》がつまらなそうに放《はな》ったその言葉《ことば》に、僕《ぼく》の足《あし》がピタリと止《と》まる。

そういえば……けっきょく、あの言葉《ことば》ってなんだったたんだろう？

頭《あたま》の中《なか》に浮《う》かんだ疑問《ぎもん》のせいで足《あし》を止《と》めていると、気《き》づかずに前《まえ》を歩《ある》いていた奈央《なお》が「そういえばさ」とあかねたちをふりむく。

「参加者全員《さんかしゃぜんいん》がそろってたのって、第《だい》1次試験《じしけん》が始《はじ》まる前《まえ》までだよね？」

――その言葉《ことば》を聞《き》いた瞬間《しゅんかん》、頭《あたま》の中《なか》でちらばっていたパズルのピースがつながりはじめた。

「……あれ？　ねえ、リョウ何《なに》やってんの？」

『○』エリアにたどりついて、ようやく僕《ぼく》が立《た》ちどまっていたことにあかねが気《き》づく。
「え？　なんでまだそこにいるの⁉　早《はや》くこっちに来《こ》ないと！　時間《じかん》がなくなるよ！」
奈央《なお》と秋歩《あきほ》もこちらをふり返《かえ》って、おどろきながら僕《ぼく》を呼《よ》んできた。
だけど、僕《ぼく》は返事《へんじ》をしない……いや、できなかった。
「試験《しけん》が始《はじ》まる前《まえ》に見《み》ていたもの……マスク男《おとこ》の言葉《ことば》……そして3つの問題《もんだい》」
頭《あたま》の中《なか》で思考《しこう》が勝手《かって》に進《すす》んでいき、もうそこから意識《いしき》が抜《ぬ》け出《だ》せなくなっていた。
僕《ぼく》は口元《くちもと》を片手《かたて》でおおって集中《しゅうちゅう》して考《かんが》えつづける。
残《のこ》り8秒《びょう》。
マスク男《おとこ》は「参加者全員《さんかしゃぜんいん》が答《こた》えを『目《め》にしている』」と言《い》っていた。
最初《さいしょ》から『知《し》っている』という言葉《ことば》をつかわなかった意味《いみ》は何《なん》だ？
残《のこ》り6秒《びょう》。
第《だい》1問《もん》の知《し》らない国《くに》の問題《もんだい》……第《だい》2問《もん》はドーナツ……そして第《だい》3問《もん》はカレー。
これがなぜか、どうにも引《ひ》っかかるんだ。
しかも、この第《だい》3次試験《じしけん》は「知識力《ちしきりょく》」だけでなく「記憶力《きおくりょく》」も試《ため》されている。
記憶力《きおくりょく》……参加者全員《さんかしゃぜんいん》が見《み》たもの……それは。

残《のこ》り4秒《びょう》。

「は、早《はや》く来《こ》ないと！　本当《ほんとう》に時間《じかん》がもうないよ！」

奈央《なお》があわてはじめる。

あかねも秋歩《あきほ》も、今《いま》にも僕《ぼく》を引《ひ》き連《つ》れに来《き》そうだった。

知《し》らない国《くに》……ドーナツ……カレー……記憶力《きおくりょく》……参加者全員《さんかしゃぜんいん》が見《み》たもの……100人《にん》が見《み》たもの
は第《だい》1次試験《じしけん》がはじまる前《まえ》のもの……ということは。


「……『招待状《しょうたいじょう》』だ！」


残《のこ》り2秒《びょう》。もう説明《せつめい》している時間《じかん》はなかった。

それに確証《かくしょう》もない。

あの招待状《しょうたいじょう》のイラストと◯と×に意味《いみ》があるとは限《かぎ》らない。

けど、勝負《しょうぶ》をかけるならここしかなかった。

「×だ！　×が正解《せいかい》だ！　僕《ぼく》を信《しん》じてくれ！」

僕《ぼく》に言《い》えるのはそれだけだった。

その瞬間《しゅんかん》、あかねと奈央《なお》と秋歩《あきほ》は顔《かお》を見《み》あわせて急《いそ》いで『×』エリアにもどってきてくれた。

僕《ぼく》を信《しん》じて3人《にん》が『×』エリアに足《あし》を踏《ふ》み入《い》れると同時《どうじ》に解答時間終了《かいとうじかんしゅうりょう》が告《つ》げられる。

「はい！　そこまでです！　もう移動《いどう》は認《みと》められません！」

マスク男《おとこ》はどこか楽《たの》しそうに告《つ》げた。

『○』エリアにいる神崎《かんざき》が僕《ぼく》を指《ゆび》さして笑《わら》っていた。

「おいおいおい！　何《なに》やってんだ、せっかく俺《おれ》が正解《せいかい》を教《おし》えてやったのに！」

神崎《かんざき》はあわれむように言《い》ってきた。

けど、僕《ぼく》はもう迷《まよ》わない。自分《じぶん》で決《き》めた、みちびきだした答《こた》えに後悔《こうかい》はなかった。

マスク男《おとこ》はゆっくりと口《くち》を開《ひら》く。

「それでは正解発表《せいかいはっぴょう》です……正解《せいかい》は～……」

ゴクリとつばを飲《の》み込《こ》んでつぎの言葉《ことば》を待《ま》つ。


――――×です!!

その瞬間《しゅんかん》に、神崎《かんざき》の表情《ひょうじょう》が一気《いっき》に青《あお》ざめた。

マスク男《おとこ》はそんな彼《かれ》の動揺《どうよう》も気《き》にせず続《つづ》ける。

「そもそもインドに『カレー』という料理《りょうり》はありません！　そこから間違《まちが》いだったのです！」

それを聞《き》いて、あかねが僕《ぼく》に「知《し》ってたの？」と聞《き》いてくる。

僕《ぼく》は「いや、知《し》らなかったよ」と首《くび》をふって、マスク男《おとこ》を指《ゆび》さした。


「でも、参加者全員《さんかしゃぜんいん》が受《う》け取《と》った『招待状《しょうたいじょう》』には、そんなふうに書《か》かれていた」


僕《ぼく》の言葉《ことば》にマスク男《おとこ》はニヤリと笑《わら》って「すばらしい！」と、うなずいた。

「天城《あまぎ》リョウくんだけが、招待状《しょうたいじょう》のヒントにしっかり気《き》づいたみたいですね！」

僕《ぼく》の言葉《ことば》を受《う》けて、マスク男《おとこ》はすべてを明《あき》らかにする。

じつは、招待状《しょうたいじょう》に問題《もんだい》の答《こた》えがすべてイラストで載《の》っていたこと。だからこれは記憶力《きおくりょく》も試《ため》す問題《もんだい》だったこと。参加者全員《さんかしゃぜんいん》が目《め》にしている、など言葉《ことば》の中《なか》にも様々《さまざま》なヒントがあったこと。

「ちなみにカレーの語源《ごげん》はインドなどで使《つか》われているタミル語《ご》で汁物《しるもの》、ソース、スープの具《ぐ》などを意味《いみ》する『カリ』からきているという説《せつ》もあります」

最後《さいご》に答《こた》えの補足《ほそく》を加《くわ》えて、マスク男《おとこ》は、ただひとり『〇』エリアにいる神崎《かんざき》を指《ゆび》さす。

「それでは、神崎《かんざき》くんはここで脱落《だつらく》となります！」

その言葉《ことば》を受《う》けて、神崎《かんざき》はあわてて口《くち》を開《ひら》いた。

「そ、そんなのインチキだろ！　俺《おれ》が間違《まちが》える？　そんであのザコくんたちが正解《せいかい》なんてありえねえ！　そうだ！　ぜったいになんかズルしたに決《き》まってる！」

必死《ひっし》の顔《かお》で僕《ぼく》らをけなしてくる神崎《かんざき》に、マスク男《おとこ》は冷静《れいせい》に首《くび》をふる。

「いいえ。一切《いっさい》ズルはしていません。彼《かれ》らはちゃんとヒントから正解《せいかい》をみちびきだしました」

「ウソだ！　ウソだウソだウソだウソだウソだ！」

とりみだしたように何度《なんど》も言《い》う神崎《かんざき》が、ハッと気《き》づいてこちらを見《み》る。

「なんだよ、その目《め》……そんな、あわれむような目《め》を向《む》けんじゃねえ！」

僕《ぼく》はだまって神崎《かんざき》を見《み》ていた。あかねも、奈央《なお》と秋歩《あきほ》も何《なに》も言《い》わず神崎《かんざき》を見《み》つめる。

「ふざけんな……こんなはずじゃねえんだ！　俺《おれ》は神崎氷河《かんざきひょうが》だ！　このプロジェクトの」

「――脱落者《だつらくしゃ》です」

マスク男《おとこ》がさえぎるように言《い》うと、神崎《かんざき》の表情《ひょうじょう》がこわばる。

「それでは脱落者《だつらくしゃ》の神崎《かんざき》くんにはここで人生《じんせい》を終《お》えてもらいます」

さようなら。と告《つ》げて、マスク男《おとこ》は手《て》をふった。

神崎《かんざき》はふと、こちらを見《み》る。そこにはもう、かつての自信満々《じしんまんまん》な神崎氷河《かんざきひょうが》はいなかった。

信《しん》じられない……といった顔《かお》で絶望《ぜつぼう》する神崎《かんざき》に、僕《ぼく》は最後《さいご》に一言《ひとこと》だけ告《つ》げる。

「**僕《ぼく》の名前《なまえ》は『ザコくん』じゃなくて、『天城《あまぎ》リョウ』だ**」

――――っ!!　……バタン。
○エリアが真《ま》っ二《ぷた》つに割《わ》れて、音《おと》もなく神崎《かんざき》は消《き》えていった。
僕《ぼく》の言葉《ことば》に神崎《かんざき》からの返答《へんとう》はなかったけど、もうそんなのどうでもよかった。

「勝《か》てたよ。自分《じぶん》の信《しん》じた答《こた》えで……一虎《かずとら》」

かたき討《う》ちとかそんなものじゃなく、信《しん》じてくれた一虎《かずとら》に見《み》せたかった自分《じぶん》を見《み》せる。

それが僕《ぼく》なりのケジメだった。

そして、いよいよ僕《ぼく》は最終試験《さいしゅうしけん》にいどむ。


……あかねと奈央《なお》と秋歩《あきほ》と『最後《さいご》のひとり』をかけて争《あらそ》う最終試験《さいしゅうしけん》が今《いま》、はじまる。

12・最初《さいしょ》の脱落者《だつらくしゃ》

「それでは残《のこ》った4名《めい》でこのまま最終試験《さいしゅうしけん》にうつりましょう！　では、みなさん私《わたし》についてきてください！」

マスク男《おとこ》に連《つ》れられて、僕《ぼく》らは校舎《こうしゃ》の1階《かい》の教室《きょうしつ》に入《はい》る。

そこには4つのイスと、その上《うえ》に箱《はこ》が用意《ようい》されていた。

「みなさん円《えん》になって向《む》かい合《あ》い、椅子《いす》に座《すわ》ってそちらの箱《はこ》をひざの上《うえ》に載《の》せてください」

ほかになにもない教室《きょうしつ》で4人《にん》が向《む》かい合《あ》いながら座《すわ》り、それぞれが箱《はこ》を手《て》にする。

すると自動《じどう》でふたが開《ひら》いて、中《なか》には4つのボタンが入《はい》っていた。

ボタンの前《まえ》にひとつずつ名前《なまえ》が書《か》いてある。僕《ぼく》とあかねと奈央《なお》と秋歩《あきほ》……。

マスク男《おとこ》は僕《ぼく》らが中《なか》を見《み》たのを確認《かくにん》すると説明《せつめい》を始《はじ》めた。

「今《いま》からやってもらうのは『プレゼンテーション』と『投票《とうひょう》』です！　最終試験《さいしゅうしけん》の内容《ないよう》はこちら！」

最終試験《さいしゅうしけん》【敗者《はいしゃ》を選《えら》べ！】

・10分間《ぷんかん》、みんなで『誰《だれ》が合格者《ごうかくしゃ》にふさわしいか、ふさわしくないか』を話《はな》し合《あ》う。
・話《はな》し合《あ》いが終《お》わったら『合格《ごうかく》に一番《いちばん》ふさわしくない人《ひと》』にボタンで投票《とうひょう》。
・一番票数《いちばんひょうすう》の多《おお》かった者《もの》が脱落《だつらく》。全員《ぜんいん》が同票《どうひょう》だった場合《ばあい》は脱落者《だつらくしゃ》なし。
・話《はな》し合《あ》いと投票《とうひょう》をそれぞれ4回《かい》ずつ行《おこな》う。
・最後《さいご》に残《のこ》ったひとりが、プロジェクトの合格者《ごうかくしゃ》となる。
・4回目《かいめ》を終《お》えてもひとりが決《き》まっていない場合《ばあい》は、全員脱落《ぜんいんだつらく》とする。

「ようは話《はな》し合《あ》いと多数決《たすうけつ》で勝者《しょうしゃ》を決《き》めようという、なんとも平和的《へいわてき》な試験《しけん》ですね。もちろん誰《だれ》が誰《だれ》に投票《とうひょう》したかは明《あき》らかにしませんし、得票数《とくひょうすう》も明《あき》らかにしないのでご安心《あんしん》を」

匿名性《とくめいせい》は守《まも》られます。とマスク男《おとこ》は続《つづ》ける。

「これは『自己表現力《じこひょうげんりょく》』、つまりは『発言《はつげん》・発表《はっぴょう》する力《ちから》』『自分《じぶん》の意見《いけん》を言《い》う力《ちから》』が試《ため》されます」

マスク男《おとこ》は僕《ぼく》ら4人《にん》を見《み》て笑《わら》った。

「自分《じぶん》を良《よ》く見《み》せてもいいし、相手《あいて》を悪《わる》く見《み》せてもいい。発言《はつげん》や表現方法《ひょうげんほうほう》は自由《じゆう》です……」

――――それでは、最終試験《さいしゅうしけん》スタート！


マスク男《おとこ》が宣言《せんげん》すると、いつのまにか12時《じ》ちょうどで止《と》まっていた教室《きょうしつ》の時計《とけい》が動《うご》き出《だ》す。

僕《ぼく》らはおたがいを見合《みあ》う。とうとうこの時《とき》が来《き》てしまった。

まさか本当《ほんとう》に来《く》るとは思《おも》ってもいなかったけど。

「ねえ、本当《ほんとう》に選《えら》ばなきゃいけないの？」

奈央《なお》がふるえる声《こえ》で言《い》うけど、みんなはだまっておたがいを見《み》ているだけだった。

本当《ほんとう》はやりたくない……けど、やるしかない。

夢《ゆめ》を叶《かな》えるために、ここまで一緒《いっしょ》にやってきた仲間《なかま》を蹴落《けお》とす。

できるなら、おたがいの夢《ゆめ》を応援《おうえん》したいっていう気持《きも》ちはみんな同《おな》じだった。

合格者《ごうかくしゃ》ではなく脱落者《だつらくしゃ》を選《えら》ばせるのなんて、ひどく悪質《あくしつ》なルールだ。

さらに、最後《さいご》のひとりを選《えら》べなければ全員脱落《ぜんいんだつらく》するというルールも最悪《さいあく》。

逃《に》げ場《ば》がなく、投票《とうひょう》をやるしかない状況《じょうきょう》で、ふたたび奈央《なお》が口《くち》をひらく。

「僕《ぼく》は、やだよ……みんなと争《あらそ》いたくない！」

その悲痛《ひつう》なさけびに、あかねが首《くび》をふった。

「それでもやるんだよ！　だって、やらなきゃ全員《ぜんいん》ここで人生終《じんせいお》わりなんだよ⁉」

しかりつけるように言《い》うけど、その声《こえ》にも涙《なみだ》がまじっている。

「あかねはそれでいいの⁉　何《なに》か方法《ほうほう》はないの⁉　みんなで夢《ゆめ》を叶《かな》えられる方法《ほうほう》とか」

奈央《なお》が初《はじ》めて声《こえ》を荒《あら》らげたのを見《み》て、あかねはくちびるをかむ。

「そんな方法《ほうほう》があれば、私《わたし》だってみんなを応援《おうえん》したい！　だけど、このルールじゃ無理《むり》でしよ！」

このまま言《い》い合《あ》いになりそうなふたりを、僕《ぼく》はあわててなだめる。

「ちょっとストップ！　このまま言《い》い合《あ》っていても良《い》い方向《ほうこう》にはいかない気《き》がする」

僕《ぼく》が言《い》うと、秋歩《あきほ》が続《つづ》いてくれた。

「あかねの言《い》う通《とお》り、やるしかないと思《おも》うんだけど……でも、できるならなるべく平和的《へいわてき》に決《き》めたいな。せっかくこの４人《にん》で最後《さいご》まで来《き》たんだし」

その思《おも》いはきっと全員同《ぜんいんおな》じだ。だけど、奈央《なお》はうなずかない。

「僕《ぼく》は……みんなで試験《しけん》をクリアしたい」

その言葉《ことば》に秋歩《あきほ》はうなだれながらため息《いき》をつくけど、僕《ぼく》は小《ちい》さくうなずいた。

「正直《しょうじき》、そうできるならそうしたい。みんなそうだよ。でも、僕《ぼく》らはそれぞれ負《ま》けられない理由《りゆう》がある。僕《ぼく》だって『いつか夢《ゆめ》を見《み》つけるため』には、ここで負《ま》けるわけにはいかないんだ」

第《だい》2次試験《じしけん》でのあかねのすがたを見《み》てから、僕《ぼく》は『夢《ゆめ》を持《も》つ人《ひと》』へのあこがれができていた。

そのおかげで、自分《じぶん》の夢《ゆめ》を見《み》つけたい。という目標《もくひょう》が出来《でき》た今《いま》、僕《ぼく》もここで負《ま》けるわけにはいかなかった。

「だから……やりたくはないけど……僕《ぼく》らは戦《たたか》うしかない。最後《さいご》のひとりを決《き》めるしかない」

僕《ぼく》の発言《はつげん》に、みんなは黙《だま》っておたがいを見合《みあ》う。

やらなきゃならないって頭《あたま》ではわかっていても、何《なに》から話《はな》せばいいのかわからない。

でも、時間《じかん》は待《ま》ってくれない。

やがてマスク男《おとこ》が「残《のこ》り1分《ぷん》で投票《とうひょう》です」と告《つ》げてきて、僕《ぼく》らはハッとする。

「まずい……話《はな》し合《あ》いなんてまるでできてないじゃん。このまま投票《とうひょう》に移《うつ》るなんて無理《むり》だろ！」

秋歩《あきほ》が頭《あたま》をかかえると、奈央《なお》は首《くび》をふった。

「僕《ぼく》は誰《だれ》にも入《い》れたくない！　誰《だれ》にも入《い》れないからね！　ボタンを押《お》さない！」

「何《なに》言《い》ってんの!?　それをやったら試験放棄《しけんほうき》になって脱落《だつらく》させられるって！」

あかねが必死《ひっし》にボタンを押《お》すよう説得《せっとく》するも、奈央《なお》は首《くび》を縦《たて》にふらなかった。

「残《のこ》り30秒《びょう》」

マスク男《おとこ》がカウントダウンを始《はじ》める。奈央《なお》は答《こた》えを変《か》える気《き》はないようだ。

どうする？　どうすれば奈央《なお》を脱落《だつらく》させないで済《す》む？

口元《くちもと》を片手《かたて》でおおって、必死《ひっし》に考《かんが》えて僕《ぼく》がみちびきだしたのは「逃《に》げ」の答《こた》えだった。

「この投票《とうひょう》は捨《す》てよう。みんな自分《じぶん》に1票《ぴょう》入《い》れるんだ」

そうすれば、全員同票《ぜんいんどうひょう》で脱落者《だつらくしゃ》なしとなる。

たった4回《かい》しかない投票《とうひょう》の大事《だいじ》な1回《かい》を捨《す》てることになるけど、このまま投票《とうひょう》なんていけるわけがない。だから、ここは一度投票《いちどとうひょう》を捨《す》てて、仕切《しき》り直《なお》しをしよう。

と、僕《ぼく》が提案《ていあん》するとみんなはおたがいを見《み》て、うなずく。いや、うなずくしかなかった。

残《のこ》り時間《じかん》はもうない。僕《ぼく》らは『みんなが脱落《だつらく》しないため』に急《いそ》いで箱《はこ》の中《なか》に手《て》を入《い》れる。

そして全員《ぜんいん》が顔《かお》を上《あ》げると、そばで見《み》ていたマスク男《おとこ》がポケットから小《ちい》さな端末《たんまつ》を取《と》り出《だ》す。

「なるほど。こういう結果《けっか》になりましたか」

マスク男《おとこ》はスマートフォンみたいな形《かたち》をしたそれで、投票結果《とうひょうけっか》を確認《かくにん》しているようだった。

そして顔《かお》を上《あ》げ、僕《ぼく》らに結果《けっか》を伝《つた》える。

第《だい》1回目《かいめ》の投票《とうひょう》の結果《けっか》……。

「最初《さいしょ》の脱落者《だつらくしゃ》が決《き》まりました――鈴原《すずはら》奈央《なお》くんです」

13・裏切《うらぎ》り者《もの》は誰《だれ》だ!?

「……え？」

奈央《なお》の表情《ひょうじょう》が固《かた》まる。

誰《だれ》も予想《よそう》していなかった結果《けっか》に、マスク男《おとこ》だけがおどろくことなく話《はなし》をつづけた。

「みなさんおどろかれているようですが、これはまぎれもなく正《ただ》しい結果《けっか》です。まちがいなくあなたたちの投票《とうひょう》で脱落者《だつらくしゃ》が決《き》まりました。それでは鈴原《すずはら》くん。さようなら～」

「ちょっ！　みんな待《ま》っ――」

奈央《なお》の足《あし》もとが開《ひら》いて、何《なに》かを言《い》いかけながらイスごと落下《らっか》していく。

そして、何事《なにごと》もなく穴《あな》が閉《と》じて普通《ふつう》の教室《きょうしつ》の床《ゆか》にもどった。

とたんにあかねがあわてはじめる。

「え、ちょっ！　待《ま》ってよ！　なんで奈央《なお》が脱落《だつらく》なの!?」

僕《ぼく》と秋歩《あきほ》は何《なに》も答《こた》えない。だまっておたがいの様子《ようす》をうかがっているだけだった。

たぶん、秋歩《あきほ》もわかってるはずだ。

これは正《ただ》しい投票結果《とうひょうけっか》。まちがいはない。だとすると……。

全員《ぜんいん》で自分《じぶん》の名前《なまえ》を押《お》す約束《やくそく》——**それをやぶった裏切《うらぎ》り者《もの》がこの中《なか》にいる。**


もちろん、僕《ぼく》は自分《じぶん》の名前《なまえ》を押《お》した。

ってことは秋歩《あきほ》とあかねのどちらか、または両方《りょうほう》が裏切《うらぎ》ったことになる。

信《しん》じたくはないけど、それ以外《いがい》に考《かんが》えられない。

「なんとか言《い》ってよ、リョウ！　秋歩《あきほ》！　奈央《なお》を裏切《うらぎ》ったのは誰《だれ》!?」

あかねの言葉《ことば》に、秋歩《あきほ》がピクリと反応《はんのう》した。

「それはこっちのセリフだよ！　あかね、リョウ……いったいどっちが裏切《うらぎ》り者《もの》だ？」

秋歩《あきほ》のするどい視線《しせん》が、こちらに向《む》けられる。

あかねも本気《ほんき》で僕《ぼく》と秋歩《あきほ》をうたがっているようだ。

ふたりの目《め》を見《み》るに、どちらも裏切《うらぎ》り者《もの》じゃないように見《み》えてしまう……。

だけど、確実《かくじつ》に僕《ぼく》は自分《じぶん》の名前《なまえ》を押《お》している。

「僕《ぼく》じゃない。僕《ぼく》はちゃんと自分《じぶん》の名前《なまえ》を押《お》した」

「そんなの……口《くち》ではなんとだって言《い》えるでしょ」

僕《ぼく》の言葉《ことば》を、あかねが一瞬《いっしゅん》で否定《ひてい》してくる。

たしかに、自分《じぶん》の名前《なまえ》を押《お》したという証拠《しょうこ》はない。でも、それはみんな一緒《いっしょ》だ。

秋歩《あきほ》が僕《ぼく》とあかねを交互《こうご》に見《み》ながら「まいったな……」とつぶやいた。

「どっちが裏切《うらぎ》り者《もの》でも、相手《あいて》にするのがキツそうだ。でも、どちらかと言《い》えばリョウが裏切《うらぎ》り者《もの》だった時《とき》のほうがヤバい気《き》がする」

秋歩《あきほ》が言《い》うと、あかねが「たしかに」と小《ちい》さくうなずいた。

「ここでリョウが裏切《うらぎ》り者《もの》になってたら、私《わたし》もかなり戦《たたか》いづらいと思《おも》う。ここまでの試験《しけん》で発想力《りょく》っていうか、なんかヒラメキ？　私《わたし》にはない頭《あたま》の良《よ》さを持《も》っている気《き》がするし」

あかねから褒《ほ》められているのに、この状況《じょうきょう》じゃちっともうれしくない。

むしろ、これはまずい状況《じょうきょう》だ。

「ちょっと待《ま》ってくれよ。ふたりとも僕《ぼく》をすごいやつだと思《おも》ってる？　そんなことないから。だって塾《じゅく》でも友達《ともだち》の中《なか》で一番下《いちばんした》のクラスだし。ここでの試験《しけん》でも、みんなのほうがすごかったよ」

あわてて僕《ぼく》が否定《ひてい》すると、あかねが「あやしい」と眉《まゆ》をひそめる。

「なんで急《きゅう》にそんな言《い》い訳《わけ》しだすの？　なんで、あわててるの？」

「そりゃそうなるよ！　だって僕《ぼく》が裏切《うらぎ》り者《もの》な感《かん》じになりかけてるじゃん！」

僕《ぼく》の言葉《ことば》に今度《こんど》は秋歩《あきほ》が「んん？」と首《くび》をひねる。

「そんな空気《くうき》にはなってなくない？　リョウが裏切《うらぎ》り者《もの》だったら戦《たたか》うのがキツそうだってだけで、まだ僕《ぼく》もあかねもリョウが裏切《うらぎ》り者《もの》だなんて一言《ひとこと》も言《い》ってない」

「いや、だからさ！　もう一度冷静《いちどれいせい》になって考《かんが》えよう！　誰《だれ》が裏切《うらぎ》り者《もの》かなんて、まだわからないんだ。なんの手《て》がかりもヒントもないんだから」

僕《ぼく》が必死《ひっし》に説得《せっとく》すると、秋歩《あきほ》があきれたように肩《かた》をすくめる。

でも、あかねは「たしかに、そうだね」とうなずいてくれた。

「正直《しょうじき》、私《わたし》はまだ秋歩《あきほ》のこともうたがってるし。ここでひとりに決《き》めつけられない」

「はあ？　なんでいきなり僕《ぼく》？　急《きゅう》な方向転換《ほうこうてんかん》とか逆《ぎゃく》にあやしすぎるだろ？」

今度《こんど》は、秋歩《あきほ》とあかねがおたがいをうたがいだした。

……もうメチャクチャだ。

裏切《うらぎ》り者《もの》のせいで、第《だい》2回目《かいめ》もまともな話《はな》し合《あ》いになっていない。

もしも、これが裏切《うらぎ》り者《もの》のねらいだとしたらまずいぞ……。

ここでなんとか、あぶりださないと。

話《はなし》の流《なが》れを見《み》るに、今《いま》の状況《じょうきょう》だとふたりともまずは僕《ぼく》を脱落《だつらく》させてきそうな気《き》がする。

「あかね、秋歩《あきほ》。ここはもう話《はなし》の方向《ほうこう》を変《か》えよう。**誰《だれ》が裏切《うらぎ》り者《もの》か、じゃなくて3人《にん》で裏切《うらぎ》り者《もの》をあぶりだす方法《ほうほう》を考《かんが》えないか？」**

僕《ぼく》の提案《ていあん》に、ふたりの視線《しせん》がこちらへ向《む》けられる。

その視線《しせん》はじつに真逆《まぎゃく》の反応《はんのう》を見《み》せていて、僕《ぼく》は少《すこ》しおどろいた。

「この中《なか》のたったひとりの裏切《うらぎ》り者《もの》をあぶりだす方法《ほうほう》なんてあるわけないだろ？」

秋歩《あきほ》はあきれたように言《い》って、僕《ぼく》の提案《ていあん》を否定《ひてい》してきた。

けど、あかねは「そうだね」と僕《ぼく》に賛成《さんせい》してくれる。

「でも、2回目《かいめ》の投票《とうひょう》までもう時間《じかん》がないし。なら、もう一度《いちど》みんな自分《じぶん》に投票《とうひょう》しない？」

その提案《ていあん》に秋歩《あきほ》も僕《ぼく》も大《おお》きく目《め》を見開《みひら》いた。

「はあ？　いきなり何言《なにい》い出《だ》すんだよ？」

思《おも》わずといった風《ふう》に秋歩《あきほ》が口《くち》をひらくと、あかねは少《すこ》し悲《かな》しげな顔《かお》で首《くび》を横《よこ》に振《ふ》った。

「裏切《うらぎ》り者《もの》はいないと信《しん》じたいから。誰《だれ》も裏切《うらぎ》り者《もの》じゃないと思《おも》いたいから」

その言葉《ことば》にハッとする。

あかねの急《きゅう》な提案《ていあん》が理解《りかい》できなくて……自然《しぜん》と今《いま》までの言動《げんどう》を思《おも》い返《かえ》していた。

「もう、何《なに》もわからないままうたがうのとかやめたい。うたがっても、裏切《うらぎ》り者《もの》がわかる気《き》がしないから、それだったらみんなで裏切《うらぎ》り者《もの》を見《み》つける方法《ほうほう》を話《はな》し合《あ》ったほうがいいでしょ？」

あかねはさっきまでの言動《げんどう》がウソだったかのように、手《て》のひらを返《かえ》したように言《い》う。

ずっと、僕《ぼく》と秋歩《あきほ》をうたがっていたはずなのに。

たしかに、このタイミングで心《こころ》が変《か》わる可能性《かのうせい》はゼロじゃない。

だけど、それよりも僕《ぼく》はあかねの発言《はつげん》のおかげで『ある違和感《いわかん》』に気《き》づいてしまった。

思《おも》い返《かえ》せば、おかしすぎる発言《はつげん》だった。

……あれは、自分《じぶん》が裏切《うらぎ》り者《もの》だったから言《い》えた言葉《ことば》だ。

信《しん》じたくはないけど、裏切《うらぎ》り者《もの》は……。

僕《ぼく》は深呼吸《しんこきゅう》して、小《ちい》さく首《くび》を振《ふ》り、顔《かお》を上《あ》げる。

見上《みあ》げた時計《とけい》は、残《のこ》り時間《じかん》2分《ふん》を切《き》っていることを知《し》らせてくれていた。

納得《なっとく》してもらえるほどの説明《せつめい》をしてる時間《じかん》はない。

だったら、もうここでやるしかない。

僕《ぼく》は手《て》を挙《あ》げてふたりへ向《む》いた。

「あかねの提案《ていあん》に賛成《さんせい》だ。僕《ぼく》もふたりを信《しん》じたい。第《だい》1回目《かいめ》の投票《とうひょう》は押《お》し間違《まちが》いだった。そう信《しん》じて、もう一度《いちど》自分《じぶん》に投票《とうひょう》しよう。あかねの言《い》う通《とお》り、おたがいをうたがうなんて僕《ぼく》もいやだ」

僕《ぼく》の言葉《ことば》に、あかねは微笑《ほほえ》みながら「ありがとう」と返《かえ》す。

その様子《ようす》を見《み》て、秋歩《あきほ》も「何《なに》を言《い》ってもムダ」と思《おも》ったのか納得《なっとく》してうなずいてくれた。

そして、ちょうどいいタイミングでマスク男《おとこ》が話《はな》し合《あ》いの時間《じかん》が終《お》わったことを告《つ》げてくる。

「では、話《はなし》がまとまったところで投票《とうひょう》の時間《じかん》となります」

マスク男《おとこ》は、僕《ぼく》らのひざの上《うえ》に載《の》せられた箱《はこ》を指《ゆび》さした。

「みなさん、脱落者《だつらくしゃ》にしたい人《ひと》のボタンを押《お》してください」

僕《ぼく》らはおたがいにうなずきあって、箱《はこ》に手《て》を入《い》れる。

ボタンをカチッと押《お》す音《おと》がして、ふたりが同時《どうじ》に顔《かお》を上《あ》げる。

そして、僕《ぼく》もふるえる手《て》でボタンを押《お》した……。

「はい！　投票結果《とうひょうけっか》が出《で》ました！　第《だい》2回目《かいめ》の投票結果《とうひょうけっか》は～……」


——脱落者《だつらくしゃ》『なし』です！


結果《けっか》を聞《き》いて、僕《ぼく》らは目《め》を見開《みひら》く。

あかねは笑顔《えがお》で「よかったあ」と口《くち》にした。

秋歩《あきほ》もおどろいた顔《かお》で僕《ぼく》を見《み》ている。

マスク男《おとこ》は、ニヤニヤしながら興味深《きょうみぶか》そうにこっちを見《み》ていた。

きっと、僕《ぼく》だけだ。この結果《けっか》に絶望《ぜつぼう》しているのは……。

「やっぱり、そうだったんだ」

僕《ぼく》がボソッと言《い》うと、あかねが「なになに？」と顔《かお》を向《む》けてくる。
秋歩《あきほ》もホッとした顔《かお》で、こちらを見《み》た。
信《しん》じたくはなかったけど、結果《けっか》が出《で》てしまったなら、それが真実《しんじつ》なんだろう。
これでよかったとは思《おも》えないけど、決《き》めた以上《いじょう》はやり切《き》るしかない。
ふるえる手《て》をおさえながら僕《ぼく》は顔《かお》を上《あ》げて、ゆっくりと指差《ゆびさ》した。
「裏切《うらぎ》り者《もの》は、お前《まえ》だったんだな……秋歩《あきほ》」

14・裏切《うらぎ》り者《もの》の真実《しんじつ》

秋歩《あきほ》の微笑《ほほえ》みが、あきれたような笑《わら》いにくずれていく。

「そういうことか……やるねえ」

僕《ぼく》はとてもじゃないけど、笑《わら》う気《き》になれなかった。

あかねはなんのことかわからず、とまどっている。

「どういうことなの？　なんで同数票《どうすうひょう》なのに秋歩《あきほ》が裏切《うらぎ》り者《もの》なのよ!?」

みんなが自分《じぶん》に投票《とうひょう》した結果《けっか》だと信《しん》じているあかねに言《い》うのは心苦《こころぐる》しいけど、このままじゃふたりともやられてしまう。

だから、僕《ぼく》は真実《しんじつ》を告《つ》げた。

「……さっきの投票《とうひょう》、僕《ぼく》は秋歩《あきほ》のボタンを押《お》したんだ」

……え？　とおどろくあかねに「ごめん」とあやまって、僕《ぼく》はすべてを話《はな》す。

これは、裏切《うらぎ》り者《もの》をあぶりだすための作戦《さくせん》だった。

あかねの提案《ていあん》を受《う》け入《い》れたのは、それを確実《かくじつ》に成功《せいこう》させるため。

「みんな自分《じぶん》のボタンを押《お》す。という約束《やくそく》のおかげで、あかねは自分《じぶん》の名前《なまえ》を押《お》すだろう。そして裏切《うらぎ》り者《もの》の秋歩《あきほ》は僕《ぼく》かあかねに押《お》す。その流《なが》れで僕《ぼく》が秋歩《あきほ》に押《お》すと……」

投票結果《とうひょうけっか》は2パターンにしぼられる。

あかねが2票《ひょう》で脱落《だつらく》か、または全員同数票《ぜんいんどうすうひょう》か。

「もちろん、あかねが裏切《うらぎ》り者《もの》だったらまた違《ちが》う結果《けっか》になっていたんだけど……僕《ぼく》はそうはならないだろうなって思《おも》ってた。きっと秋歩《あきほ》が裏切《うらぎ》り者《もの》なんだろうとわかっていたから」

なあ、秋歩《あきほ》。と僕《ぼく》は彼《かれ》のほうを見《み》る。


「――最初《さいしょ》から裏切《うらぎ》り者《もの》を『ひとり』と決《き》めつけていたのは、キミだけだったよね」


その言葉《ことば》に見開《みひら》かれた秋歩《あきほ》の目《め》をまっすぐ見《み》て、僕《ぼく》は続《つづ》けた。

「僕《ぼく》もあかねも最初《さいしょ》から『自分以外《じぶんいがい》のふたりが裏切《うらぎ》り者《もの》』の可能性《かのうせい》もうたがっていた。だからずっと『誰《だれ》が裏切《うらぎ》り者《もの》か』って言《い》っていたんだ」

だけど、秋歩《あきほ》は違《ちが》った。

「秋歩《あきほ》だけがずっと『どっちが裏切り者《うらぎもの》か』って言《い》っていた。『たったひとりの裏切り者《うらぎもの》をあぶりだす方法《ほうほう》なんてあるわけない』って言《い》っていた。どうして、裏切り者《うらぎもの》がひとりだとわかっているのか」

答《こた》えはかんたん。と、僕《ぼく》は秋歩《あきほ》を指《ゆび》さす。


「秋歩《あきほ》が裏切り者《うらぎもの》だからだ」


裏切り者《うらぎもの》の人数《にんずう》を決《き》めつけられるのは、裏切り者《うらぎもの》だけ。

それに気《き》づいたから、僕《ぼく》はあえてあかねの提案《ていあん》に乗《の》って、それが本当《ほんとう》なのか確《たし》かめた。

そうじゃない可能性《かのうせい》も信《しん》じたかったけど……この推理《すいり》は、ほとんど確信《かくしん》に近《ちか》かった。

そして、僕《ぼく》の予想《よそう》は当《あ》たってしまった。

「信《しん》じたくはなかったけど、これが真実《しんじつ》だ」

と、すべてを説明《せつめい》すると、秋歩《あきほ》はいきなり拍手《はくしゅ》を送《おく》ってくる。

「お見事《みごと》。一緒《いっしょ》に試験《しけん》を通過《つうか》していく中《なか》でけっこう頭《あたま》が回《まわ》るんだなとは思《おも》っていたけど、まさかここまでとは思《おも》わなかったよ」

——裏切《うらぎ》り者《もの》くん。


秋歩《あきほ》の言葉《ことば》に、あかねがおどろいた顔《かお》で僕《ぼく》に向《む》く。

僕《ぼく》はあわてて首《くび》を横《よこ》にふった。

「ちがう！　今《いま》、説明《せつめい》しただろ！　秋歩《あきほ》が裏切《うらぎ》り者《もの》じゃないとこの結果《けっか》はありえないって！」

「それがそもそものまちがいだって言《い》ってるんだよ。よくもまあ、瞬発力《しゅんぱつりょく》でそこまで見切《みき》ったもんだ。今《いま》、リョウが言《い》ったのは僕《ぼく》がやった作戦《さくせん》だろ？」

「何《なに》、言《い》ってるんだよ！」

「だって、僕《ぼく》はリョウに投票《とうひょう》したんだから。裏切《うらぎ》り者《もの》をあぶりだすためにね」

秋歩《あきほ》はあせった顔《かお》で、僕《ぼく》を指差《ゆびさ》す。

あかねは、もう何《なに》が何《なに》やらわからなくなっているようだった。

「いったいなんなの……？　どっちが裏切《うらぎ》り者《もの》なの？」

それを聞《き》いてすかさず秋歩《あきほ》が「だまされるな、あかね！」とさけんだ。

「僕《ぼく》は『どっちが裏切《うらぎ》り者《もの》か』なんて、言《い》ってない。ちゃんと『誰《だれ》が』って言《い》っていたはずだ。リョウは僕《ぼく》らの記憶《きおく》をたくみにあやつって、僕《ぼく》を裏切《うらぎ》り者《もの》に仕立《した》て上《あ》げようとしている！」

秋歩《あきほ》の言葉《ことば》に僕《ぼく》が反論《はんろん》する。

「ウソつくなよ！　あかね、だまされるな！　信《しん》じたくはないかもしれないけど、僕《ぼく》が言《い》ったことは全部事実《ぜんぶじじつ》だ。僕《ぼく》だって、こんなことは言《い》いたくない！　でも、秋歩《あきほ》が裏切《うらぎ》り者《もの》なんだ！」

あかねは僕《ぼく》と秋歩《あきほ》を交互《こうご》に見《み》る……どうやら、まだ迷《まよ》っているようだ。

だから、最後《さいご》に僕《ぼく》はあかねに伝《つた》える。

「あかね。投票直前《とうひょうちょくぜん》に意見《いけん》を変《か》えたのは、本当《ほんとう》にみんなをうたがいたくなかったからだったんだね。それがわかって、なんかうれしかった。けっきょく僕《ぼく》もおなじ気持《きも》ちだったから」

心《こころ》の奥底《おくそこ》では、やっぱり仲間《なかま》をうたがいたくない。その思《おも》いを共有《きょうゆう》できてうれしかった。

そう伝《つた》えると、秋歩《あきほ》があせった顔《かお》であかねに話《はな》しかける。

「あかね、こんな演技《えんぎ》にだまされるなよ。間違《まちが》えたらいけない。裏切《うらぎ》り者《もの》はリョウだ」

――はい、話《はな》し合《あ》いはそこまで。みなさん投票《とうひょう》してください。

僕《ぼく》と秋歩《あきほ》の言葉《ことば》を最後《さいご》に、時間《じかん》が来《き》てしまう。

マスク男《おとこ》はすぐに僕《ぼく》らへ投票《とうひょう》をうながし、しかたなく僕《ぼく》らは手元《てもと》の箱《はこ》に視線《しせん》を落《お》とした。

……カチッ。

小《ちい》さな音《おと》。ボタンを押《お》した感触《かんしょく》が指先《ゆびさき》に残《のこ》る。

まるで死刑宣告《しけいせんこく》のボタンを押《お》しているような気分《きぶん》だった。

もちろん僕《ぼく》は、秋歩《あきほ》に投票《とうひょう》した。

秋歩《あきほ》も、僕《ぼく》に投票《とうひょう》していることだろう。

つまり、この投票結果《とうひょうけっか》を左右《さゆう》するのは……あかねだ。

あかねが最後《さいご》に顔《かお》を上《あ》げて、マスク男《おとこ》は「はい、投票《とうひょう》が終《お》わりました」と告《つ》げる。

「ほうほう。そう来《き》ましたか。順調《じゅんちょう》に脱落《だつらく》してくれて何《なに》よりです」

そう言《い》って端末《たんまつ》から顔《かお》を上《あ》げると、マスク男《おとこ》はゆっくりと手《て》を挙《あ》げ、

「投票《とうひょう》の結果《けっか》、今回脱落《こんかいだつらく》するのは～」

一気《いっき》にふりおろした手《て》が、こちらへ向《む》けられる。

「――――三船秋歩《みふねあきほ》くんです！」

マスク男《おとこ》が高《たか》らかに宣言《せんげん》すると同時《どうじ》に、緊張《きんちょう》して固《かた》まった体《からだ》から力《ちから》が抜《ぬ》ける。

イスの背《せ》もたれによりかかってあかねを見《み》ると、彼女《かのじょ》は今《いま》にも泣《な》きだしそうな顔《かお》をしていた。

「ごめん……秋歩《あきほ》。やっぱり私《わたし》も、秋歩《あきほ》が裏切《うらぎ》り者《もの》をひとりって決《き》めつけてたような気《き》がした。

記憶《きおく》はあいまいだけど、リョウの言《い》う通《とお》りだった気《き》がして……だから、ごめんね」

ふるえる声《こえ》であやまるあかねに、秋歩《あきほ》は何《なに》も言《い》わなかった。

ただ、おどろいた表情《ひょうじょう》でかたまっていた。

けど、しだいに自分《じぶん》が脱落《だつらく》という状況《じょうきょう》をのみこみはじめたのか「ハハッ」と笑《わら》い出《だ》す。

「いいよ、もう。謝罪《しゃざい》は必要《ひつよう》ない。あかねは僕《ぼく》じゃなくリョウを信《しん》じた。それだけだ」

「秋歩《あきほ》、そんな言《い》い方《かた》は！」

僕《ぼく》が言《い》うと秋歩《あきほ》は肩《かた》をすくめる。

「べつにいいだろ？　これで僕《ぼく》は終《お》わりなんだし。あかね、安心《あんしん》しろよ。その答《こた》えは正解《せいかい》だ。だからそんな悲《かな》しむ必要《ひつよう》なんてない」

秋歩《あきほ》はニヤリと笑《わら》って自分《じぶん》を指《ゆび》さす。

――……裏切《うらぎ》り者《もの》は僕《ぼく》だ。

「秋歩《あきほ》……どうして」

ようやく認《みと》めた秋歩《あきほ》に聞《き》くと、あかねも悲《かな》しそうな目《め》を彼《かれ》に向《む》ける。

すべてをあきらめたのか、秋歩《あきほ》は浅《あさ》くため息《いき》をついて口《くち》を開《ひら》いた。

「どうしても、こうしても、勝《か》つためだよ。どうしても勝《か》ちたかったんだ僕《ぼく》は」

秋歩《あきほ》は笑《わら》ってそう言《い》う。

するとあかねは心《こころ》が落《お》ち着《つ》いたのか、ハッキリとした口調《くちょう》で質問《しつもん》した。

「NPO《エヌピーオー》法人《ほうじん》を立《た》ち上《あ》げるために？」

その質問《しつもん》に秋歩《あきほ》は少《すこ》し迷《まよ》ったあと、「まあ、いいか」とつぶやくように言《い》う。

「どうせここで人生《じんせい》は終《お》わるんだ。最後《さいご》くらいはウソをつかずに終《お》わるとしよう」

そう言《い》うと秋歩《あきほ》は僕《ぼく》らに真実《しんじつ》を語《かた》りはじめる。


「――――僕《ぼく》の本当《ほんとう》の夢《ゆめ》はNPO《エヌピーオー》法人《ほうじん》立《た》ち上《あ》げなんかじゃない。ただの『大金持《おおがねも》ち』だよ」


そう言《い》って、かわいた笑《わら》い声《ごえ》をあげた。

「僕《ぼく》の家《いえ》はすごく貧《まず》しくてね……今日《きょう》食《た》べるものにも困《こま》っていたくらいだった」

秋歩《あきほ》は、たんたんと自身《じしん》の今《いま》までのことを話《はな》してくれた。

「金《かね》がないってすごく大変《たいへん》なんだぜ？　食《た》べるものもないし、着《き》るものもない。洗濯《せんたく》もできないからまわりから臭《くさ》いとか言《い》われてさ。でも、洗《あら》うこともできないし他《ほか》に服《ふく》もないからそれを着《き》るしかないんだ。だから、バカにされないようにとにかく自分《じぶん》をみがいて、きたえたよ」

それでも、まわりの見《み》る目《め》は変《か》わらなかったと秋歩《あきほ》は言《い》う。

「けっきょく僕《ぼく》はどこでどれだけすごい成績《せいせき》を残《のこ》しても、生《う》まれた時《とき》から『貧乏《びんぼう》』なせいで不正《ふせい》をうたがわれるんだ。ズルをしてるんじゃないか？　ってそんな目《め》で見《み》られるだけなんだよ」

それが、笑《わら》っちゃうくらいに……つらかった。と秋歩《あきほ》は言《い》う。

だから、秋歩《あきほ》は他人《たにん》を信用《しんよう》しないようになってしまったのか。と僕《ぼく》は気《き》づいた。

そのせいで、ずっと僕《ぼく》らに本音《ほんね》を隠《かく》していたんだ。

「でもね。そんな苦《くる》しみなんて、金《かね》さえあれば全部解決《ぜんぶかいけつ》しちゃうんだ。簡単《かんたん》な話《はなし》だろ？　だから僕《ぼく》の夢《ゆめ》は大金持《おおがねも》ち。金《かね》さえあればそれでいい。それだけだ。どーだ、くっだらないだろ？」

そう言《い》われて僕《ぼく》とあかねは首《くび》を横《よこ》にふる。

「……くだらなくなんか、ないよ」

本心《ほんしん》だった。

僕《ぼく》はまっすぐ秋歩《あきほ》を見《み》てもう一度《いちど》「全然《ぜんぜん》くだらなくない」と告《つ》げる。

あかねも、秋歩《あきほ》の言葉《ことば》を笑《わら》いとばしたりせずに真剣《しんけん》な顔《かお》でうなずいた。

「あなたの夢《ゆめ》を笑《わら》いとばす資格《しかく》なんて、誰《だれ》にもない」

その言葉《ことば》に秋歩《あきほ》は少《すこ》しだけ目《め》を見《み》ひらいた後《あと》、「なんだよ」と舌打《したう》ちした。

「ふたりみたいなのが、クラスメイトだったらな……」

秋歩《あきほ》は少《すこ》しだけ笑《わら》ってそう言《い》うと、ゆっくりと目《め》を閉《と》じた。

そんな秋歩《あきほ》に僕《ぼく》は小《ちい》さな声《こえ》でつぶやく。

「もしも、また会《あ》えたら……今度《こんど》はちゃんと友達《ともだち》になろう」

僕《ぼく》が言《い》うと、あかねも「私《わたし》も」とうなずく。


――――バタン。


秋歩《あきほ》は音《おと》もなく落下《らっか》して、消《き》えていった。

けっきょく、僕《ぼく》らの言葉《ことば》に返事《へんじ》はなかった……けど、秋歩《あきほ》の最後《さいご》の顔《かお》は笑《わら》っていた。

これで残《のこ》りはふたり。

自然《しぜん》とおたがいに目《め》が合《あ》った。

「これで、最後《さいご》だ……正々堂々《せいせいどうどう》、戦《たたか》おう」

「そうね。これで、最後《さいご》……」

そう言《い》うと、あかねは「あ、そうだ」と思《おも》い出《だ》したように言《い》う。

「これで最後《さいご》ならさ。リョウの好《す》きなケーキの種類《しゅるい》聞《き》いといていい？　リョウがお店《みせ》に来《き》た時《とき》に作《つく》ってあげるよ」

あかねはたぶん、それが叶《かな》わないとわかっていて聞《き》いている。だから僕《ぼく》もちゃんと答《こた》えた。

僕《ぼく》が言《い》うと、あかねは「オッケー！」とピースサインを送《おく》ってくる。

「うーん……一番好《いちばんす》きなのは、レアチーズケーキかな」

「本当《ほんとう》に、そんな未来《みらい》があったら良《よ》かったなあ……」

僕《ぼく》のつぶやきに、あかねも少《すこ》しだけ悲《かな》しそうに微笑《ほほえ》んだ。

最終試験《さいしゅうしけん》の勝者《しょうしゃ》はひとりだけ。僕《ぼく》かあかねのどちらかは、ここで人生《じんせい》を奪《うば》われてしまう。だから、僕《ぼく》があかねのケーキを食《た》べることは叶《かな》わない。でも、それでも……。

――そんな未来《みらい》を願《ねが》いながら、僕《ぼく》らは最後《さいご》の話《はな》し合《あ》いにのぞんだ。

15・最後《さいご》に脱落《だつらく》するのは

「では、最後《さいご》の話《はな》し合《あ》いです！　後悔《こうかい》のないようぞんぶんに話《はな》し合《あ》ってください！　あ、言《い》っておきますけどここで最後《さいご》のひとりが決《き》まらなかったらふたり仲良《なかよ》く脱落《だつらく》ですからね？」

まあ、それもキレイな終《お》わり方《かた》かもしれませんが。とマスク男《おとこ》が笑《わら》った。

けど、そんな言葉《ことば》はもう僕《ぼく》らの耳《みみ》には入《はい》ってこなかった。

残《のこ》されたあかねと僕《ぼく》。ここまできて、ふたりとも脱落《だつらく》なんて選《えら》ぶわけがない。

「そういえば……リョウの夢《ゆめ》、見《み》つかりそう？」

あかねのいきなりな質問《しつもん》に少《すこ》しおどろく。

「こんな状況《じょうきょう》で見《み》つかるわけないだろ？　たぶん、見《み》つかるとしてもずいぶん先《さき》じゃない？」

僕《ぼく》が答《こた》えると、あかねは「じゃあ、今《いま》やりたいことは？」と聞《き》いてくる。

その言葉《ことば》に少《すこ》し考《かんが》えた後《あと》、僕《ぼく》はそっと口《くち》にする。

「――――わからない」

その言葉《ことば》は本心《ほんしん》だった。

こうして、あかねと一対《たい》一になるまでは僕《ぼく》も勝《か》ち残《のこ》りたいと思《おも》っていた。

夢《ゆめ》を見《み》つけて、あかねのように頑張《がんば》れる自分《じぶん》になってみたいという願《ねが》いが生《う》まれたからだ。

だけど……。

「なんだか、あかねとこうして正面《しょうめん》から話《はな》しているといろいろわからなくなってきたんだ」

僕《ぼく》の目標《もくひょう》は『夢《ゆめ》を見《み》つけること』だ。

だけど、その目標《もくひょう》は『あかねの夢《ゆめ》を奪《うば》って』まで達成《たっせい》したいものなのだろうか？

その疑問《ぎもん》に僕《ぼく》はどうしても「達成《たっせい》したいものだ」と答《こた》えられなかった。

こうしてあかねとふたりきりになって、ちゃんと最後《さいご》に自分《じぶん》の気持《きも》ちと向《む》き合《あ》ったら、どうしてもあかねの夢《ゆめ》を奪《うば》う選択《せんたく》ができない自分《じぶん》がいることに気《き》づいてしまったから……。

第《だい》2次試験《じしけん》の時《とき》の必死《ひっし》にがんばるあかねのすがたを見《み》た時《とき》からずっと、僕《ぼく》は彼女《かのじょ》にあこがれてしまったから……夢《ゆめ》が叶《かな》ってほしいという気持《きも》ちを持《も》ってしまったから。

今《いま》さら、その気持《きも》ちを消《け》せるわけがなかった。

目標《もくひょう》はできた。けど、あかねを犠牲《ぎせい》にして達成《たっせい》したいとは思《おも》えない……それが、僕《ぼく》の正直《しょうじき》な気《き》持《も》ちだった。

「やっぱり、夢《ゆめ》を持《も》っている人《ひと》は強《つよ》いね。あかねを見《み》ていると、本当《ほんとう》にそう思《おも》う」

僕《ぼく》はつぶやくように言《い》って笑《わら》う。

「それに気《き》づけただけでも、良《よ》かったかな」

最後《さいご》の最後《さいご》で、ハッキリとわかってしまった。

僕《ぼく》は、ここで負《ま》ける。

きっと、あかねは最後《さいご》まで夢《ゆめ》を叶《かな》えるためにがんばる。

僕《ぼく》にはそれを阻止《そし》してまで叶《かな》えたいものがない。

だったら、やることはひとつだ。

あかねの夢《ゆめ》を応援《おうえん》しよう。

それが最後《さいご》にみちびきだした僕《ぼく》の答《こた》えだった。

「そっか……うん、そうだよね」

あかねは小《ちい》さくうなずいて、最後《さいご》に微笑《ほほえ》む。

「ねえ、リョウ」

声《こえ》をかけられて、いつのまにかうつむいていた僕《ぼく》はスッと顔《かお》を上《あ》げる。

目《め》が合《あ》ったあかねは、今《いま》までで一番優《いちばんやさ》しい笑顔《えがお》をしていた。

「ありがとう。第《だい》2次試験《じしけん》の時《とき》、私《わたし》のケーキを食《た》べたいって言《い》ってくれて、うれしかった」

「……え？」

「これで、ようやく気持《きも》ちが固《かた》まった。私《わたし》は私《わたし》のやりたいようにやらせてもらうね」

あかねはそれだけ言《い》うと、箱《はこ》の中《なか》に手《て》を入《い》れる。

気《き》づけば時間《じかん》が経《た》っていて、マスク男《おとこ》が投票《とうひょう》をうながしていることにようやく気《き》がついた。

あかねが顔《かお》を上《あ》げてこちらを見《み》る。

「私《わたし》の答《こた》えはこれ。これで私《わたし》の投票《とうひょう》は終《お》わりよ」

その言葉《ことば》を聞《き》いて、僕《ぼく》はゆっくりと箱《はこ》に手《て》を伸《の》ばす。

……カチッ。

試験《しけん》を終《お》わらせるボタンの感触《かんしょく》がずっと指先《ゆびさき》に残《のこ》ったまま、僕《ぼく》はうつむいていた。

僕《ぼく》らの投票《とうひょう》が終《お》わり、マスク男《おとこ》が口《くち》を開《ひら》く。

「投票終了《とうひょうしゅうりょう》！　合格者《ごうかくしゃ》は——————」

16・呪験戦争《じゅけんせんそう》の勝者《しょうしゃ》は……

「――合格者《ごうかくしゃ》は天城《あまぎ》リョウくんです！　おめでとうございます！」


マスク男《おとこ》の拍手《はくしゅ》が向《む》けられて、僕《ぼく》はぼうぜんとする。

「……なんで？　いや、だって……僕《ぼく》は……そうだ……僕《ぼく》じゃない！」

僕《ぼく》はあわてて立《た》ち上《あ》がって、マスク男《おとこ》に抗議《こうぎ》した。

「この結果《けっか》はあきらかに間違《まちが》いだ！　だって僕《ぼく》は自分《じぶん》に投票《とうひょう》したんだから！」

そう。僕《ぼく》はちゃんと自分《じぶん》の名前《なまえ》のボタンを押《お》したんだ。

あかねの夢《ゆめ》を応援《おうえん》するって決《き》めたから。

「……なのに、なんで僕《ぼく》が合格者《ごうかくしゃ》なんだ！　もし、あかねが自分《じぶん》に入《い》れても同票《どうひょう》でふたりとも脱《だつ》落《らく》じゃないか！　どうしたって僕《ぼく》が合格者《ごうかくしゃ》になりようがないんだよ！」

あかねは「私《わたし》のやりたいようにやる」って言《い》っていたから、僕《ぼく》に投票《とうひょう》していたはずだ。

だから僕《ぼく》に2票入《ひょうはい》って、ここで僕《ぼく》が脱落《だつらく》する……はずだったのに。

「ほんとうに、キミが合格者《ごうかくしゃ》になることはありえないと思《おも》いますか？」

マスク男《おとこ》の質問《しつもん》で、僕《ぼく》の頭《あたま》に違和感《いわかん》がよぎる。

「如月《きさらぎ》あかねさんは脱落者《だつらくしゃ》となりました。投票《とうひょう》を終《お》えた瞬間《しゅんかん》に」

それを聞《き》いて、ハッとする。

ふりむいた先《さき》で、あかねは「ごめんね」と涙《なみだ》をうかべながら笑《わら》った。

「あかね、まさか……」

今《いま》まで頑張《がんば》ってきたあかねのすがたが、どんどん頭《あたま》に浮《う》かんできた。

あんなに頑張《がんば》ってきたのに。

覚悟《かくご》を持《も》って戦《たたか》ってきたのに。

せっかく、最後《さいご》まで勝《か》ち残《のこ》れたのに。

自分《じぶん》は必死《ひっし》になって奈央《なお》に「それはやめろ」って言《い》ってたのに……。


「――――ボタンを、押《お》さなかったのか？」

僕《ぼく》の言葉《ことば》に、あかねは何《なに》も言《い》わず笑顔《えがお》で小《ちい》さくうなずいた。

床《ゆか》にひざを落《お》とす僕《ぼく》に、マスク男《おとこ》が説明《せつめい》してくる。

「投票《とうひょう》を終《お》えた。と宣言《せんげん》をし、ボタンを押《お》さなかった時点《じてん》で如月《きさらぎ》さんを試験放棄《しけんほうき》したと見《み》なしました。最初《さいしょ》に言《い》いましたよね？　試験《しけん》を放棄《ほうき》したらその時点《じてん》で脱落《だつらく》にすると」

あかねは僕《ぼく》の投票《とうひょう》前に放棄《ほうき》したので、その時点《じてん》であかねは脱落《だつらく》。

つまり、僕《ぼく》は投票前《とうひょうまえ》に合格《ごうかく》と見《み》なされて最後《さいご》に入《い》れた自分《じぶん》への1票《ぴょう》は無効《むこう》。

「なので、天城《あまぎ》リョウくんが合格者《ごうかくしゃ》となりました」

マスク男《おとこ》が言《い》うと、あかねは「おめでとう」と僕《ぼく》の手《て》をとる。

「やっぱり、本当《ほんとう》に自分《じぶん》に投票《とうひょう》してたね。そんなことだろうと思《おも》った」

「……え？」

「私《わたし》とリョウが残《のこ》った時《とき》から、そうするだろうなって気《き》がしてた。そして最後《さいご》にちゃんと話《はな》せて、それは確信《かくしん》に変《か》わった。リョウは私《わたし》を蹴落《けお》として自分《じぶん》が助《たす》かる道《みち》を選《えら》んだりしないって」

ほんと優《やさ》しすぎるんだよなあ。と、あかねは僕《ぼく》の手《て》をぎゅっとにぎりしめる。

「普通《ふつう》こんな状況《じょうきょう》でその選択《せんたく》する？　自分《じぶん》の人生《じんせい》を捨《す》てて他人《たにん》の夢《ゆめ》を応援《おうえん》する？」

あかねは笑《わら》っていた。

「ズルいよ、そんなの……だから、そんなことさせてあげない」

というわけで、私《わたし》は私《わたし》のやりたいようにさせてもらったから。と、あかねは笑顔《えがお》で言《い》った。

その笑《わら》った顔《かお》はとてもかわいくて、やさしくて、あたたかくて。

覚悟《かくご》を決《き》めた人《ひと》の顔《かお》に見《み》えた。

「あかね、どうして……？」

僕《ぼく》の声《こえ》がふるえる。でも、あかねはどこかスッキリした顔《かお》で微笑《ほほえ》みながら首《くび》をふった。

「実《じつ》はね、私《わたし》はリョウとふたりで残《のこ》った時《とき》から……こうするしかないかなって考《かんが》えてたの」

言《い》いながら、ゆっくりと僕《ぼく》の手《て》を引《ひ》いて立《た》たせる。

「リョウに生《い》き残《のこ》ってほしいって思《おも》ったから」

「でも、そしたらあかねの夢《ゆめ》が……」

「いいの。多分《たぶん》ね、私《わたし》の夢《ゆめ》はリョウが『お母《かあ》さんのお店《みせ》であかねの作《つく》ったケーキを食《た》べてみたいな』って言《い》ってくれた時《とき》に報《むく》われた気《き》がするんだ」

あかねの目《め》から涙《なみだ》がひとつぶこぼれ落《お》ちた。

「初《はじ》めて私《わたし》の夢《ゆめ》を心《こころ》から応援《おうえん》してくれる人《ひと》がいて、そんな未来《みらい》を一緒《いっしょ》に想像《そうぞう》してくれる人《ひと》がいて」

――うれしかった。

ありがとう。とあかねは僕《ぼく》を見《み》つめる。

「お母《かあ》さんからも、誰《だれ》からも応援《おうえん》してもらえなくて、たったひとりで自分勝手《じぶんかって》に叶《かな》えようとしてる夢《ゆめ》だってわかってた。だけど……それを一緒《いっしょ》に夢見《ゆめみ》てくれる人《ひと》がここにいた」

それだけで、報《むく》われた。とあかねは涙《なみだ》ながらに言《い》う。

「夢《ゆめ》は叶《かな》わないけど、想《おも》いは報《むく》われた。私《わたし》はもうそれでじゅうぶん。だから、つぎはリョウの番《ばん》。私《わたし》を応援《おうえん》してくれたあなたを私《わたし》は応援《おうえん》したい。リョウ……いつか夢《ゆめ》、見《み》つかるといいね」

あかねは僕《ぼく》から手《て》を離《はな》して、一歩《ぽ》……二歩《ほ》と後《あと》ずさる。

つい、手《て》を伸《の》ばそうとしてしまった。

けど覚悟《かくご》を決《き》めた彼女《かのじょ》の笑顔《えがお》が、僕《ぼく》の手《て》を止《と》めた。

「お願《ねが》いだから、リョウは私《わたし》の夢《ゆめ》を奪《うば》ったとか思《おも》わないでね。これは私《わたし》が望《のぞ》んだ結果《けっか》。だから、胸《むね》を張《は》って、生《い》きて。リョウの人生《じんせい》が幸《しあわ》せであるように、私《わたし》はずっと願《ねが》ってるから」

あかねはゴシゴシと腕《うで》で涙《なみだ》をぬぐって微笑《ほほえ》む。

「できるなら最後《さいご》にお母《かあ》さんともう一度《いちど》、話《はな》してみたかったな。仲直《なかなお》りしておくんだった」

あかねはくもりのない笑顔《えがお》で言《い》う。

「それがゆいいつの後悔《こうかい》。あとはまあまあ良《い》い人生《じんせい》だったかな」

そう言《い》って、あかねは僕《ぼく》にうなずいた。

「楽《たの》しみにしてるよ、リョウがどんな大人《おとな》になるのか」

それが見《み》られないとわかっていて、彼女《かのじょ》はそう言《い》った。

「ばいばい、出会《であ》えて良《よ》かった」

そう笑《わら》って、手《て》をふって、あかねは……。

――僕《ぼく》の目《め》の前《まえ》から消《き》えていった。

教室《きょうしつ》には、僕《ぼく》だけが残《のこ》されてしまった。

100人《にん》も参加者《さんかしゃ》がいたのに、ひとりぼっちになってしまった。

「……あかね」

床《ゆか》に手《て》をついて、つぶやく。

返事《へんじ》はない。

何《なに》も聞《き》こえない。

だからこそ、僕《ぼく》は涙《なみだ》をぬぐって前《まえ》を向《む》いた。


「まだ、終《お》わらせない……終《お》わらせてたまるもんか」


ゆっくりと立《た》ち上《あ》がって、僕《ぼく》はマスク男《おとこ》をにらみつける。

マスク男《おとこ》は肩《かた》をすくめて、クルリと回《まわ》れ右《みぎ》をして歩《ある》き出《だ》す。

「では、行《い》きましょう。合格者《ごうかくしゃ》だけがたどりつけるビルの最上階《さいじょうかい》へ」

マスク男《おとこ》のうしろをついていきながら、僕《ぼく》は心《こころ》の中《なか》で最後《さいご》のチャンスに賭《か》ける決意《けつい》をした。

成功《せいこう》するかどうかはわからない。だけど、あかねのように僕《ぼく》も最後《さいご》まであきらめない！

そうだ。まだ終《お》わってない！


……この試験《しけん》の解答《かいとう》は、まだ『1回《かい》』だけ残《のこ》されている！

17・合格者《ごうかくしゃ》が願《ねが》うものは

呪験戦争《じゅけんせんそう》が終《お》わって、僕《ぼく》はそのままDPC《ディーピーシー》東京支社《とうきょうししゃ》の最上階《さいじょうかい》へ連《つ》れていかれる。

小《ちい》さな隠《かく》しトビラの先《さき》にあったエレベーターは、たしかに存在《そんざい》を知《し》っていなければ気《き》づけないような造《つく》りになっていた。

「もしもこのエレベーターで試験中《しけんちゅう》に逃《に》げ出《だ》したら、どうなっていたんですか？」

僕《ぼく》の質問《しつもん》に、マスク男《おとこ》はクスクス笑《わら》う。

「逃《に》げられませんよ。呪験《じゅけん》からはね」

その言葉《ことば》と同時《どうじ》にエレベーターのトビラが開《ひら》き、大《おお》きな部屋《へや》へと降《お》り立《た》つ。

「ようこそ社長室《しゃちょうしつ》へ」

言《い》いながらマスク男《おとこ》は当《あ》たり前《まえ》のように奥《おく》にあった社長席《しゃちょうせき》に座《すわ》るので、僕《ぼく》はすべてを理解《りかい》した。

「……まさか、あなたが社長《しゃちょう》だったとはね」

僕《ぼく》が言《い》うと、デスクに頬杖《ほおづえ》をついていたマスク男《おとこ》が笑《わら》う。

「おや？　そう言《い》う割《わ》りにはあまりおどろいていないじゃないか」

言《い》いながらマスクを外《はず》すと、思《おも》ったよりも若《わか》い男性《だんせい》だった。

「まあ、なんとなく予想《よそう》はしてましたから」

「さすが天城《あまぎ》リョウくん。我《わ》が社《しゃ》が注目《ちゅうもく》していた子《こ》なだけあるね」

どこまで本気《ほんき》かわからない言葉《ことば》に心《こころ》は動《うご》かない。

けど、社長《しゃちょう》は続《つづ》ける。

「きっとキミは自分《じぶん》に自信《じしん》がなさすぎて、本当《ほんとう》の実力《じつりょく》を押《お》し殺《ころ》してしまっていたんだね。だから、今回《こんかい》のプロジェクトで才能《さいのう》が開花《かいか》してくれてうれしいよ。おかげでこちらも盛《も》り上《あ》がった」

「盛《も》り上《あ》がった？　どういうことですか？」

「……それはキミが知《し》らなくていいことだ」

急《きゅう》に口調《くちょう》が冷《つめ》たく重《おも》いものになり、僕《ぼく》はゴクッとつばを飲《の》みこんだ。

社長《しゃちょう》は「まあいい」とまた表情《ひょうじょう》を和《やわ》らげる。

「キミの動《うご》きは見事《みごと》だった。第《だい》2次《じ》試験《しけん》なんかまさかの数秒《すうびょう》で問題《もんだい》に答《こた》えていたし、第《だい》3次《じ》試験《しけん》でゆいいつ招待状《しょうたいじょう》のカラクリに気《き》づいて正解《せいかい》を引《ひ》き寄《よ》せた時《とき》なんかは震《ふる》えたよ」

すばらしい。と拍手《はくしゅ》を送《おく》り、社長《しゃちょう》はデスクに手《て》を突《つ》く。

「では、合格者《ごうかくしゃ》のキミの願《ねが》う人生《じんせい》を聞《き》かせてもらおうじゃないか」

その言葉《ことば》を聞《き》いて、僕《ぼく》は「……きた」と心《こころ》の中《なか》でつぶやく。

この試験《しけん》に残《のこ》された最後《さいご》の解答《かいとう》。

この答《こた》え次第《しだい》で、なにもかもが変《か》わってしまう。

僕《ぼく》は、深《ふか》く息《いき》を吸《す》い込《こ》んだ。落《お》ち着《つ》け。たとえ叶《かな》わないとしても、最後《さいご》の最後《さいご》まで願《ねが》うんだ。

あきらめるな……最後《さいご》まで戦《たたか》え。

僕《ぼく》の願《ねが》う人生《じんせい》は……このプロジェクトに願《ねが》うものは……!!

「自分《じぶん》の人生《じんせい》は自分《じぶん》でなんとかします！　だから、僕《ぼく》が願《ねが》うのはこれだけです！」

――奪《うば》った参加者《さんかしゃ》の人生《じんせい》を返《かえ》してあげてください！

ハッキリ言《い》い切《き》ると、社長《しゃちょう》は「ほう？」と片方《かたほう》の眉《まゆ》を上《あ》げる。

「ということは、つまり。キミはなんでも望《のぞ》み通《どお》りになる人生《じんせい》を捨《す》てる。ということかな？」

その質問《しつもん》に僕《ぼく》はうなずいた。

「自分《じぶん》の人生《じんせい》は自分《じぶん》しか生《い》きられません。だれにも奪《うば》う権利《けんり》はないし、他人《たにん》が自由《じゆう》にしていいも

のじゃない」

こぶしをにぎりしめながら、僕《ぼく》は自分《じぶん》の気持《きも》ちをぶつける。

「だから、僕《ぼく》は真《ま》っ向《こう》からこのプロジェクトを否定《ひてい》します！　あかねの人生《じんせい》を……みんなの人生《じんせい》をここで終《お》わらせるわけにはいかない……ぜったいに終《お》わらせない！」

――僕《ぼく》たちの人生《じんせい》を返《かえ》してください！

僕《ぼく》が言《い》い終《お》わると、社長《しゃちょう》はジッとこちらを見《み》つめてくる。

笑《わら》いもせず、怒《いか》りもせず、ただ何《なに》かをうかがうようにジッと見《み》つめてきて……。

「なるほど……叶《かな》うかどうかもわからない願《ねが》いのために、自分《じぶん》の人生《じんせい》を懸《か》けるのか」

どうやら覚悟《かくご》は本物《ほんもの》のようだ。と言《い》いながら、小《ちい》さくうなずいてパチパチと拍手《はくしゅ》を送《おく》ってきた。

僕《ぼく》がとまどっていると、社長《しゃちょう》はようやく薄《うす》く笑《わら》ってゆっくりとうなずく。


「……いいだろう。参加者全員《さんかしゃぜんいん》の人生《じんせい》を返《かえ》してあげようじゃないか」

その言葉《ことば》に、僕《ぼく》は喜《よろこ》びのあまり全身《ぜんしん》がふるえた。

「本当《ほんとう》に、返《かえ》してくれるんですね？　あかねは……みんなは、生《い》きているんですね⁉」

僕《ぼく》の必死《ひっし》な質問《しつもん》に、社長《しゃちょう》は冷静《れいせい》に「もちろん」とうなずく。

「人生《じんせい》を奪《うば》ったが、消《け》したわけじゃない。命《いのち》を奪《うば》ったりはしないよ、さすがにね。まあ、こちらのやり方次第《かたしだい》じゃ命《いのち》を失《うしな》うよりも、もっとひどいことになっていたかも知《し》れないが」

さらりと怖《こわ》いことを言《い》いながら、社長《しゃちょう》は立《た》ち上《あ》がる。

そして、いつのまにか部屋《へや》の隅《すみ》で待機《たいき》していた社員《しゃいん》にあごで指示《しじ》を出《だ》した。

僕《ぼく》は、社長《しゃちょう》の言葉《ことば》でようやくマスク男《おとこ》の言《い》い方《かた》の違和感《いわかん》に気《き》づく。

言《い》われてみれば、マスク男《おとこ》が脱落者《だつらくしゃ》に対《たい》してずっと使《つか》っていた言葉《ことば》は「人生《じんせい》を奪《うば》われる」とか

「人生《じんせい》が終《お》わる」という表現《ひょうげん》だけだった。

その言葉《ことば》から僕《ぼく》は勝手《かって》に『命《いのち》の終《お》わり』を想像《そうぞう》してしまっていたけど。

よくよく考《かんが》えたら、わざわざあんな遠回《とおまわ》しな言《い》い方《かた》をしているのもちょっと変《へん》だ。

それに、僕《ぼく》らは脱落者《だつらくしゃ》が最終的《さいしゅうてき》にどうなったのかを誰一人《だれひとり》として見《み》ていない。

落下《らっか》したはずなのに、落《お》ちた時《とき》の音《おと》すら聞《き》いたことがなかった。

「床《ゆか》の仕掛《しか》けも、言葉遣《ことばづか》いも……ずっと、ヒントはあったんですね」

「ほう。もう、そこまで気付《きづ》いたのか。さすがプロジェクトの合格者《ごうかくしゃ》だけはある」

社長《しゃちょう》はうれしそうに笑《わら》う。思《おも》えば最初《さいしょ》からおかしかった。

だけど、脱落者《だつらくしゃ》が目《め》の前《まえ》で落下《らっか》していったショックで、僕《ぼく》の頭《あたま》はそこに気《き》づけなかった。

明《あき》らかにおかしなことが、目《め》の前《まえ》で起《お》きていたのに。

下《した》に落《お》ちきった音《おと》がないだけじゃない、悲鳴《ひめい》がパタリと消《き》えるのもおかしかった。

つまり、あの床《ゆか》の下《した》にはカラクリがあるんだ。

そしてただ命《いのち》を奪《うば》うなら、そんなカラクリは必要《ひつよう》ない。

だから、わざわざそんなまわりくどいことをしたってことは。

……脱落者《だつらくしゃ》は、生《い》きているんだ。

その答《こた》え以外《いがい》に考《かんが》えられなかった。

「安心《あんしん》したまえ。もう指示《しじ》は出《だ》した。すぐに今回《こんかい》の参加者《さんかしゃ》は全員解放《ぜんいんかいほう》される。もちろん口封《くちふう》じの誓約《せいやく》は徹底的《てっていてき》にするがね。それさえ了承《りょうしょう》してもらえばそのまま帰《かえ》れるようになっている」

それだけ言《い》うと、社長《しゃちょう》は僕《ぼく》に向《む》き直《なお》り笑顔《えがお》をむける。

「これが、キミの望《のぞ》んだ人生《じんせい》だ。後悔《こうかい》はないかい？」

その言葉《ことば》に僕《ぼく》は笑《わら》いもせずに、うなずいた。

すると社長《しゃちょう》は満足《まんぞく》そうな顔《かお》で「よろしい」とうなずくと、またひとりの部下《ぶか》に指示《しじ》をして、僕《ぼく》は社長室《しゃちょうしつ》から追《お》い出《だ》されるようにして、エレベーターに押《お》し込《こ》まれる。

たどりついた1階《かい》は、最初《さいしょ》にDPC社《ディーピーシーしゃ》へ来《き》た時《とき》のフロアと違《ちが》って普通《ふつう》のエントランスだった。

いったい何《なに》がどうなっているのかさっぱりわからないまま、ビルの外《そと》に出《で》る。

まるで、さっきまで命《いのち》がけの試験《しけん》を受《う》けていたのがウソみたいにおだやかな天気《てんき》だった。

けど、このビルに入《はい》る前《まえ》の僕《ぼく》と今《いま》の僕《ぼく》では確実《かくじつ》に何《なに》かが変《か》わっていた。

僕《ぼく》は思《おも》いっきり外《そと》の空気《くうき》をすいこむ。
そして、自然《しぜん》と走《はし》り出《だ》していた。
このまま家《いえ》に帰《かえ》ったら、何事《なにごと》もなく僕《ぼく》はまたあの日常《にちじょう》に戻《もど》るんだろう。
けど、足取《あしど》りはぜんぜん重《おも》くない。
先《さき》のことがわからなくたって別《べつ》にいいんだ。焦《あせ》ることはない。
将来《しょうらい》の自分《じぶん》が見《み》えなくても、いつかは見《み》えるかもしれない。
こうなりたいと思《おも》える人《ひと》にも出会《であ》えた。
いつか自分《じぶん》も、あんなふうに夢《ゆめ》のためにがんばってみたいと思《おも》えたんだ。
それだけで、なんだか『今《いま》』をがんばれる気《き》がした。
いつか夢《ゆめ》を見《み》つけるために。その目標《もくひょう》を達成《たっせい》するために。
「がんばろう。まずは目《め》の前《まえ》のことをひとつずつ！　勉強《べんきょう》もがんばってみるか！」
自分《じぶん》に言《い》い聞《き》かせて走《はし》り出《だ》す。
まだ夢《ゆめ》はないけれど。
なりたいものもやりたいことも見《み》つかっていないけれど。
やるべきことはわかった気《き》がするから。

僕《ぼく》は思《おも》いっきり走《はし》る。澄《す》み渡《わた》る青空《あおぞら》を見《み》あげたのはいつぶりだろう。

空《そら》を見《み》てすがすがしい気持《きも》ちになるのがとても久《ひさ》しぶりな気分《きぶん》だ。

走《はし》るスピードはぐんぐん上《あ》がっていく――僕《ぼく》は、やっと自分《じぶん》の人生《じんせい》を進《すす》みだした気《き》がした。


……こうして僕《ぼく》の呪験《じゅけん》は終《お》わりを告《つ》げた。

エピローグ1 それから……

リョウが去《さ》った後《あと》の社長室《しゃちょうしつ》に、誰《だれ》かがノックもなしに入《はい》ってくる。

「ほんと、天城《あまぎ》リョウは見《み》ててあきませんねえ」

そう言《い》いながら笑《わら》ったのは、矢神一虎《やがみかずとら》だった。

「しかし、うまくいきましたねえ。まあ、あんなところでボクが脱落《だつらく》させられるとは思《おも》いもしなかったですけど。神崎氷河《かんざきひょうが》のやつ、ほんと空気《くうき》が読《よ》めないやつだったなー」

まあ、元々《もともと》どこかですがたを消《け》すつもりだったからいいけど。と一虎《かずとら》は肩《かた》をすくめる。

「それについてはこちらも予想外《よそうがい》だったよ。思《おも》ったよりもキミは天城《あまぎ》リョウくんへの思《おも》い入《い》れが強《つよ》かったんだねえ」

「そりゃそうでしょう」

言《い》いながら一虎《かずとら》はポケットからスマートフォンを取《と》り出《だ》し、ゲーム画面《がめん》を開《ひら》く。

「なんたって、ボクの作《つく》ったゲームでゆいいつトップ10に入《はい》った同級生《どうきゅうせい》ですよ？　ようやく見《み》つかったんです……ボクと同《おな》じ目線《めせん》で話《はな》せる友達《ともだち》が」

その画面《がめん》には、リョウがハマっている脱出《だっしゅつ》ゲームが映《うつ》し出《だ》されていた。

社長《しゃちょう》は「確《たし》かにね」と微笑《ほほえ》む。

「DPC《ディーピーシー》社《しゃ》が出資《しゅっし》してそのゲームを作《つく》った時《とき》は、本当《ほんとう》にそんなもので優秀《ゆうしゅう》な小学生《しょうがくせい》を見《み》つけられるのかと多少《たしょう》のうたがいもあったが、天城《あまぎ》リョウくんを見《み》たら納得《なっとく》せざるを得《え》ない」

「でしょう？　まだまだ新《あたら》しいゲームを作《つく》って隠《かく》れた才能《さいのう》ある小学生《しょうがくせい》を見《み》つけてみせますよ」

「おおいに期待《きたい》している。お金《かね》の面《めん》は気《き》にしないで作《つく》ってくれたまえ」

「まいど！　いつも助《たす》かってます～！」

一虎《かずとら》が笑顔《えがお》で言《い》うと社長《しゃちょう》は「こちらこそ」と手《て》を挙《あ》げて応《こた》えた。

そして、おもむろにリモコンのスイッチを押《お》すとプロジェクターが作動《さどう》して、壁一面《かべいちめん》にリョウたちが参加《さんか》していた呪験《じゅけん》の映像《えいぞう》が大《おお》きく映《うつ》し出《だ》された。

いろんな参加者《さんかしゃ》の脱落《だつらく》する映像《えいぞう》と共《とも》に、必死《ひっし》になって走《はし》るリョウのすがたがアップで映《うつ》る。

社長《しゃちょう》とともにその映像《えいぞう》を見《み》て、一虎《かずとら》はクスクス笑《わら》った。

「しっかし、まさかリョウが『思《おも》い通《どお》りの人生《じんせい》』を捨《す》てるとはねえ」

一虎《かずとら》がしみじみ言《い》うと、社長《しゃちょう》も「ああ」と興味深《きょうみぶか》そうにうなずく。

「まさかだったよ。しかし、おかげでいいデータがとれた」

社長《しゃちょう》はマスクを手《て》に取《と》り、クルクル遊《あそ》ばせながら一虎《かずとら》に微笑《ほほえ》む。

「もちろん、手放《てばな》す気《き》はないんでしょ？」

「当《あ》たり前《まえ》だろう。あんな逸材《いつざい》を放《ほう》っておく手《て》はないよ」

社長《しゃちょう》の答《こた》えに一虎《かずとら》はクスッと笑《わら》って肩《かた》をすくめた。

モニターに映《うつ》るリョウを見《み》ながら社長《しゃちょう》はつぶやくように言《い》う。

「天城《あまぎ》リョウ。彼《かれ》は私《わたし》たちの期待《きたい》にこたえてくれた……さて、これからどうなるか楽《たの》しみだ」

すると、社長《しゃちょう》は一虎《かずとら》へ向《む》く。

「ひとつ質問《しつもん》するけど、もしもキミが本気《ほんき》でこれに参加《さんか》していたら結果《けっか》はどうなっていたかな？」

社長《しゃちょう》の問《と》いに一虎《かずとら》は「ははは」とかわいた笑《わら》い声《ごえ》をもらす。

「ボクにそれ聞《き》いちゃいます？　決《き》まってるでしょう。ボクの圧勝《あっしょう》で終《お》わりですよ」

「なるほど。いつか、そんなすがたも見《み》てみたいねえ」

リョウが走《はし》る映像《えいぞう》を見《み》ながら社長《しゃちょう》が言《い》うと、一虎《かずとら》はニヤリと笑《わら》う。

「――――リョウがいるなら、本気《ほんき》でやってみてもいいかもしれませんねえ……」

エピローグ2 小《ち》さな夢《ゆめ》が叶《かな》うとき

「――ありがとうございました！」

ケーキを買《か》ってくれたお客様《きゃくさま》の背中《せなか》に、私《わたし》は深々《ふかぶか》と頭《あたま》を下《さ》げる。

今日《きょう》はいつもよりたくさんお菓子《かし》が売《う》れていた。

「あかね、ありがとう。少《すこ》し裏《うら》で休《やす》んでていいわよ」

お母《かあ》さんに言《い》われて、私《わたし》はお店《みせ》の裏《うら》にある休憩所《きゅうけいじょ》で一息《ひといき》つく。

小《ち》さな窓《まど》から見《み》える青空《あおぞら》は、いつもと変《か》わらない。

あのプロジェクトで人生《じんせい》を奪《うば》われたはずなのに、私《わたし》は今《いま》もこうして日常《にちじょう》を送《おく》っていた。

なにが起《お》こったのかはわからない。

けど、きっと呪験《じゅけん》に勝《か》ったリョウのおかげな気《き》がしていた。

「今《いま》ごろ、なにしてるのかなあ」

空《そら》に投《な》げかけた質問《しつもん》に、答《こた》えてくれる人《ひと》はいない。

私《わたし》はリョウがどこの小学校《しょうがっこう》に通《かよ》っているのかも知《し》らない。

こんなことになるなら、もっとたくさん話《はな》しておくんだった。

なんて後悔《こうかい》したところでもう遅《おそ》いし、私《わたし》は今《いま》やるべきことをやらなきゃ。

あれから数《すう》か月《げつ》。

お店《みせ》が閉《し》まる日《ひ》がどんどん近《ちか》づいている。

でも、私《わたし》は昔《むかし》みたいにそれを悲《かな》しんではいなかった。

家《いえ》に帰《かえ》ってから、私《わたし》はお母《かあ》さんともう一度《いちど》ちゃんと話《はな》した。

そしてお母《かあ》さんの想《おも》いを受《う》け止《と》めて、そして決断《けつだん》を受《う》け入《い》れた。

仕方《しかた》がないこともある。でも、あきらめたわけじゃない。

夢《ゆめ》はちゃんと持《も》っている。

私《わたし》はこのお店《みせ》みたいに、このお店《みせ》以上《いじょう》に好《す》きになれる自分《じぶん》の居場所《いばしょ》を作《つく》りたいという新《あら》たな夢《ゆめ》ができた。

それと、もうひとつ。

誰《だれ》にも話《はな》せていない夢《ゆめ》ができていた。

「奈央《なお》も……こんな気持《きも》ちだったのかなあ」

内緒《ないしょ》の夢《ゆめ》は、気持《きも》ちは、胸《むね》の中《なか》でどんどんふくらんでいく。

仲直《なかなお》りしてお母《かあ》さんにまたお菓子作《かしづく》りを教《おし》えてもらえることになった私《わたし》は、さっそく『レアチーズケーキ』の作《つく》り方《かた》を教《おそ》わっていた。

今日《きょう》は、私《わたし》が作《つく》ったそのレアチーズケーキがお店《みせ》のショーケースに並《なら》んでいる。

順調《じゅんちょう》に売《う》れていて、うれしかったけど。

「リョウにも、いつか食《た》べてもらいたいなあ」

無意識《むいしき》に口《くち》から出《で》ていて、私《わたし》はあわてて口《くち》をふさいだ。

その時《とき》だった。

「いらっしゃいませー」

お母《かあ》さんの声《こえ》で来客《らいきゃく》に気《き》づく。

なんとなく気《き》になってそーっとのぞいて、私《わたし》はハッとする。


「このレアチーズケーキ、ひとつください！」

その瞬間《しゅんかん》に私《わたし》は売《う》り場《ば》へ飛《と》びだしていた。

彼《かれ》のビックリした顔《かお》は私《わたし》を見《み》て、またたくまに笑顔《えがお》に変《か》わる。

だから私《わたし》もとびきりの笑顔《えがお》を見《み》せた。

「いらっしゃいませ！　このレアチーズケーキ、私《わたし》が作《つく》ったんですよ！」

ちょっと恥《は》ずかしかったけど、私《わたし》は元気《げんき》に接客《せっきゃく》する。

なんだかおかしくて、ふたりでふきだしちゃったけど。

「じゃあ、それください。僕《ぼく》、一番《いちばん》好《す》きなケーキがレアチーズケーキなんです」

その言葉《ことば》を聞《き》いて、なんだかいろいろと思《おも》い出《だ》してしまった。

そして、いろいろあったからか、なんだか胸《むね》が高鳴《たかな》る。


——私《わたし》の小《ちい》さな夢《ゆめ》はどうやら今日《きょう》、叶《かな》ってしまいそうだ。

あとがき

『人生《じんせい》デスゲーム』を読《よ》んでくれてありがとうございます。

作者《さくしゃ》のあいはらしゅうです。

あとがきを書《か》くのがひさしぶりすぎて、何《なに》を書《か》いたらいいのかわかりません！

みなさんはどんなことを知《し》りたいですかね？　聞《き》きたいですかね？

と書《か》いたところで、すぐにはみなさんの声《こえ》は届《とど》かず……なので、初回《しょかい》はやはり自分《じぶん》で勝手《かって》に書《か》くしかないですね！

今回《こんかい》のお話《はなし》は、読《よ》んでくださった人《ひと》にはわかる通《とお》り「受験《じゅけん》」がひとつのテーマになっています。

自分《じぶん》も一応《いちおう》、受験《じゅけん》の経験《けいけん》があるもんですから、あの時《とき》のヒリヒリした空気《くうき》を思《おも》い出《だ》しながら書《か》いていました。

何年《なんねん》も前《まえ》の思《おも》い出《で》ですが、意外《いがい》に覚《おぼ》えているもので。あの時《とき》の気持《きも》ちとか、言葉《ことば》とか、景色《けしき》とか、まわりの空気《くうき》とか。

今思《いまおも》えば「なつかしいなあ」と笑顔《えがお》になれますが、当時《とうじ》はそれなりに必死《ひっし》に向《む》き合《あ》っていましたから、もうすべて「消《き》えてなくなれ！」とか思《おも》う時《とき》もありましたね。

ほんと「めんどくせえ！」の一言《ひとこと》で、全部《ぜんぶ》放《ほう》り投《な》げてしまいたかった。けど、自分《じぶん》の人《じん》生《せい》ですからね。そうするわけにもいかず、できる限《かぎ》り頑張《がんば》って受験《じゅけん》に臨《のぞ》みましたよ。

中学受験《ちゅうがくじゅけん》はしなかったので、高校受験《こうこうじゅけん》が初《はじ》めての受験《じゅけん》でしたが、公立《こうりつ》と私立《しりつ》そして推薦《すいせん》と一般入試《いっぱんにゅうし》でそれぞれ試験《しけん》の時期《じき》が違《ちが》うので、最初《さいしょ》に合否《ごうひ》が出《で》る私立推薦《しりつすいせん》で受《う》かったやつのスッキリとした顔《かお》がうらやましくてうらやましくて。

それでも、先《さき》に受《う》かった人《ひと》は変《へん》に騒《さわ》いだりせずに遠慮《えんりょ》しておとなしく普通《ふつう》に過《す》ごしているのを見《み》て、なんとなくみんなの関係《かんけい》が少《すこ》し変《か》わってしまったような感《かん》じがしたことも覚《おぼ》えています。遠慮《えんりょ》なんかするはずなかったやつが変《へん》に気《き》を使《つか》ってきたりね。

みょうにチグハグな空気《くうき》をまとった教室《きょうしつ》が居心地悪《いごこちわる》かったり。まあ、それも受験《じゅけん》が終《お》われば元通《もとどお》りでしたけどね！

結果《けっか》はどうあれ、受験《じゅけん》が終《お》わればもう卒業間近《そつぎょうまぢか》ですから。残《のこ》り少《すく》ない学校生活《がっこうせいかつ》をめいっぱい楽《たの》しもうと、ひたすら遊《あそ》びまくっていましたね。

この本《ほん》の発売《はつばい》は5月《がつ》。もしも、今年度《こんねんど》に受験《じゅけん》をする人《ひと》がいたら「まあ呪験戦争《じゅけんせんそう》にくらべりゃよっぽどマシだな」と思《おも》ってくれたら幸《さいわ》いです。

勉強《べんきょう》の息抜《いきぬ》きでも、読書《どくしょ》が好《す》きだからでも、読書《どくしょ》が嫌《きら》いでも、どんな理由《りゆう》であれこの本《ほん》を手《て》に取《と》ってくれたことがうれしいです。

ありがとう！　この本《ほん》を書《か》いてよかった！

この本《ほん》の続《つづ》きか、はたまた全然別《ぜんぜんべつ》の作品《さくひん》か、どうなるかはわからないけど、またどこかで！

あいはらしゅうでした！

ファンレターのあて先はこちら！

〒102-8177
東京都千代田区富士見 2-13-3　株式会社 KADOKAWA 角川つばさ文庫編集部
「あいはらしゅう先生 係」

角川つばさ文庫

あいはらしゅう／作

東京都出身。第８回集英社みらい文庫大賞で優秀賞を受賞し、「迷宮教室」シリーズでデビュー。

fuo／絵

２月14日のバレンタインデー生まれ。グッズやＭＶイラストのほか、小説『イジメ返し　イジメっ子３人に仕返しします』（野いちごジュニア文庫）の装画など、幅広く活躍中。

角川《かどかわ》つばさ文庫《ぶんこ》

人生《じんせい》デスゲーム
命《いのち》がけの生《い》き残《のこ》り試験《しけん》

作《さく》　あいはらしゅう
絵《え》　fuo《ふお》

2025年５月９日　初版発行

発行者　山下直久
発　行　株式会社KADOKAWA
〒102-8177　東京都千代田区富士見 2-13-3
電話　0570-002-301（ナビダイヤル）
印　刷　株式会社暁印刷
製　本　本間製本株式会社
装　丁　ムシカゴグラフィクス

ISBN978-4-04-632358-3　C8293　N.D.C.913　191p　18cm

読者のみなさまからのお便りをお待ちしています。下のあて先まで送ってね。
いただいたお便りは、編集部から著者へおわたしいたします。

〒102-8177　東京都千代田区富士見 2-13-3　角川つばさ文庫編集部